ANNAS INFERNO

Thomas Nilsson

ANNAS INFERNO

Boksättning och omslagsutformning: Books on Demand GmbH
Illustration: Daniela Henninger
Förlag: Books on Demand GmbH, Stockholm, Sverige
Tryck: Books on Demand GmbH, Norderstedt, Tyskland
ISBN 978-91-7463-020-6

2010-06-14

Hej Samuel! Kul att höra ifrån dig. Snart är sommaren och semestern här, skönt! Du vet att jag brukar säga att man inte ska dö nyfiken, och att man ibland måste lämna det trygga och invanda, lämna vardagen för att vidga vyerna och prova något nytt, att man ibland måste våga låta livet och omvärlden få verka och påverka ens liv. Jag säger ju ibland att man inte alltid ska akta sig för saker bara för att det är nytt och annorlunda, att man inte alltid ska vara tråkig och feg för att då kan man gå miste om guldkorn i livet. Jag tror att jag är i en sådan situation just nu!

För några dagar sedan svarade jag på ett mejl trots att jag blev rekommenderad av en svensk dejtingsajt att inte svara. De berättade att en rysk användare kommit över svenska e-postadresser. Jag vet inte varför jag svarade på det där mejlet, men kanske var det magkänslan som sa ja. Tyckte inte att det var så farligt, tvärtom så kändes det exotiskt och spännande, Ryssland är helt okänd mark för mig och jag fick känslan av att brevet var från en ärlig och kärleksfull människa.

Brevet var från Anna! Hon ville träffa en trevlig och intelligent man. Jag skrev några rader tillbaka där jag berättade om mig själv, och att det vore intressant att få lära känna en person från ett annat land. Anna tyckte det var ömsesidigt, och blev glad över att få inleda en brevväxling med mig.

2010-06-16

Tjenare Samuel! Jag börjar etablera en brevväxling med Anna från Ryssland, och jag tror att jag ska följa min magkänsla och fortsätta att skriva till henne. Jag är nyfiken på hur långt det här kan gå, det här är något helt nytt för mig. Är hon trevlig? Är hon intresserad av mig? Vill hon komma hit till Sverige för att träffa mig? Frågorna är många.

Anna berättade för mig att det dricks mycket vodka i Ryssland, vilket inte sällan leder till många söndertrasade relationer. Hon har själv indirekt drabbats av detta nervgift när hon var tillsammans med en man som hade mycket svårt att stå emot då kompisarna bjöd på vodka, vilket förstörde deras relation. Hon förklarade att vodka är ett naturligt inslag när ryska män umgås, att det är en del av männens kultur. Anna gillar inte onyktra människor, och framför allt inte sådana som blir bråkiga och stökiga. Nu vill hon träffa en riktig man som kan avstå från supandet, och som istället prioriterar sin kvinna högst på dagordningen. Hon hoppas att jag är den mannen hon söker, jag känner mig utvald och smickrad.

Det var Annas vän, Dinara, som tipsade henne om en äktenskapsagentur som förmedlar kontakter med män från utlandet. Dinara är Annas bästa och enda vän som hon står nära, en vän hon kan kontakta mitt i natten om det så skulle behövas, som du och jag Samuel. Anna föredrar att ha få men goda vänner. Har fått ett foto av Anna, hon ser verkligen rysk ut, påminner om en rysk friidrottare. Blont hår, blåa ögon, något sorgsen blick, rätt söt faktiskt. Jag undrar hur hon tycker att jag ser ut, jag skickade ett foto till henne som du tog av mig förra sommaren. Du vet, när du besökte mig i Lindesberg, kortet med Lindesjön i bakgrunden.

2010-06-19

Anna föddes 1982 i Moskva, hon är uppväxt i en familj som alltid haft det bra ställt ekonomiskt, och med en pappa som har dikterat villkoren och en mamma och dotter som har rättat in sig i ledet. Annas mamma heter Jelena, hon har alltid ställt upp för Anna, alltid haft tid för henne, lyssnat och kommit med goda råd. Hon är 53 år och arbetar som säljare i en klädaffär som Anna i stort sett är uppväxt i. Pappa Sergej har sällan tid för familjen då han oftast är upptagen av sitt arbete. Han är 59 år, och har arbetat som polis inom underrättelsetjänsten, men arbetar nu som företagare och fastighetsägare. Han ägnar mycket tid åt sitt arbete, men pratar aldrig om det med sina nära.

Skolan har alltid haft hög prioritet hos Anna, hennes mamma och pappa har alltid stöttat henne och berättat hur viktigt det är att skaffa sig en bra utbildning för att lyckas i livet. Efter avslutad grundskola och studier på gymnasiet läste hon en statsfinansierad utbildning på ett av de mest prestigefyllda universitet som de har i Ryssland. Hon har fortsatt sin akademiska bana och studerar för tillfället utvecklingen av rysk litteratur och det ryska språket på ett universitet beläget i Moskva.

2010-06-22

Anna har alltid varit eftertraktad då det gäller män, hon har ofta blivit uppvaktad, men aldrig lagt ner någon större energi på att bekräfta deras uppvaktningar. Inte för att hon är stolt, arrogant och högfärdig utan beroende på att hennes lista över prioriteringar i livet alltid haft utbildning och träning som nummer ett, och som nummer två att spendera tid tillsammans med sin mamma. Annas mamma är en person som är viktig och betydelsefull för henne, hon är en person som hon är evig tacksam, för allt vad hon har idag. Hon har fått så mycket stöd och kärlek genom sin uppväxt, hennes mamma är som en nära vän och förälder i ett. En person som hon kan anförtro sig till även i svåra frågor, de har en relation som är närmare och förtroligare än vad som är vanligt i mor och dotter relationer.

Anna är en kärleksfull person som lätt får bra kontakt med människor, och som ofta hittar gemensamma samtalsämnen med människor som hon möter, troligtvis beror det på att hon älskar människor.

Det här är en väldigt bra egenskap, rent av nödvändig om hon ska lämna Ryssland för ett liv tillsammans med mig i Sverige.

Hon hoppas att jag är en person som kan respektera en kvinnas åsikter och känslor. Hon tror att hon ska kunna träffa en man vars själ och tankar är lika transparanta som vatten.

Angående det senare så tolkar jag det som att hon vill träffa en rakryggad man som vågar följa sitt hjärta och som vågar stå för sina åsikter. Jag hoppas att jag kan leva upp till detta.

Jag kommer ihåg när Carola vann melodifestivalen med låten "Främling".
Jag minns att jag satt som klistrad framför tv-apparaten när hon fram-
förde vinnarlåten. Många år senare blev jag återigen förtjust i en låt som
Carola sjöng, låten heter "Det är dagarna som går som är livet". Jag har
funderat mycket på låtens titel och försökt att komma ihåg budskapet. Nu
under sommaren så har jag omvärderat detta budskap, "Det är dagarna
som Du minns som är livet", hur många dagar passerar inte revy utan
minsta notis.

Anna har berättat om en lycklig dag i hennes liv! Hon shoppade kläder tillsammans
med en kompis, efter shoppingturen så skulle kompisen träffa sin mamma på ett
café, hennes mamma kom aldrig dit, istället fick de extra tid att spendera tillsam-
mans. De hamnade i ett euforiskt tillstånd, sjöng och skrattade gående längs gatorna
i Moskva city.

Jag berättade för henne om en lycklig dag i mitt liv. När jag gick lära-
rutbildningen i Karlstad och vi lärarstudenter fick möjlighet att besöka
Skansen i Stockolm. Det var en varm dag i oktober, jag och en kvinn-
lig studiekamrat fick uppleva känslan av att vandra runt i en gammal
skola med tillhörande lärarbostad som magister och fröken vi var. Vi fick
uppleva alla Skansens djur, beundra den fina utsikten över Mälaren och
dricka kaffe med dopp. Hon var en underbar kvinna! Det var en av mina
lyckligaste dagar i mitt liv. Men som du vet Samuel, så är underbart kort
och kärleken är svår, kärlekens rus dövar förståndet och man tänker inte
logiskt och rationellt när hjärtat slår dubbla slag. Men det föder en läng-
tan i hjärtat hos dem som en gång upplevt kärleken och sedan förlorat
den. Själen vill älska, men världen lurar många av oss till annat, som att
hata eller vara giriga istället.

Anna menar att jag inte kan förstå, inte ens fantisera om, hur mycket hon vill träffa en
man som kan förstå henne och älska henne förutsättningslöst. Blev först rädd då jag
läste detta men förstod senare att det är nog vad de flesta människor vill. Hon uttryckte

en lättnad över att ha träffat en man som hon kan prata uppriktigt och förtroligt med. När det gäller detta så uttryckte hon en besvikelse över ryska mäns mentalitet.

2010-06-28

Anna tackade för mitt senaste kort jag skickade, hon tyckte att jag såg bra ut. Hennes favoritparfym är "Dior Shine", hon föreslog att jag skulle be att få ett prov av parfymen i en butik, så att jag får möjlighet att känna hennes lukt om än på en viss distans. Hon är rolig! När det gäller kläder så föredrar hon att använda jeans eftersom det är bekvämt och praktiskt, men hon älskar när tillfälle ges att använda kjol eller klänning, eftersom det framhäver kvinnligheten. Hon undrade vad för typ av kläder som jag tycker är snyggt på en kvinna. Jag svarade att jag tycker det är snyggt med jeans och en topp, det framhäver figuren, Samuel, jag tror vi tycker lika i detta avseende.

Jelena har lärt Anna hur viktigt det är med ett välstädat hem, det skänker en renhet i själen hos människorna som bor i huset. Anna hjälper till att städa hemma så att det alltid är rent och snyggt, hon skulle skämmas om kompisar kom på besök, och det var ostädat. I det avseendet är min mor en lysande svärmor för Anna.

Ibland sörjer Anna att hon endast har en vän som står henne nära, om hon av någon anledning skulle mista Dinara så skulle hon bli väldigt ensam. Enligt Anna så är Dinara en väldigt vacker kvinna som skulle kunna arbeta som fotomodell, hon är lång, slank och har ett sug i blicken. Hon har verkligen haft tur med generna. Men det är mycket som Dinara inte haft tur med, hennes pappa dog i en arbetsplatsolycka när hon var 4 år och hennes mamma lever med en neurologisk sjukdom. Dinara har en dålig relation med sin mamma och önskar att hon hade haft en sådan stark relation som Anna har med sin.

Anna tycker det är trevligt och lättsamt att umgås med Dinara. Hon har en egen lägenhet där de kan prata ostört, hon har humor och tar livet med en klackspark tillskillnad från henne själv. De umgås både på fritiden och på universitetet där de båda studerar rysk litteratur och det ryska språket. En styrka med deras vänskap är att de har känt varandra sedan tidig skolålder, Dinara har alltid varit ett mentalt stöd för Anna.

2010-06-30

Sergej dricker ofta alkohol och då blir han totalt förändrad, han nedvärderar Jelena, berättar hur lycklig hon borde vara som har en sådan respekterad och framgångsrik man som han. Han brukar stryka henne över kinden och berätta att hon borde vara glad och tacksam som har en sådan underbar man. Jelena svarar oftast med ett konstlat leende och vid sådana här tillfällen blir Anna ofta arg på sin mamma, men samtidigt förstående då hon vet att hennes mamma tjänar mest på att spela med, acceptera tillvaron som den är, även om den är motbjudande och förnedrande för henne.

Sergej berättar aldrig vad han arbetar med och hur han har det på jobbet, och det tillhör ett av de samtalsämnen som är förbjudet att fråga om. Anna och Jelena vet ingenting om de företag och fastigheter som Sergej äger, och det är nog så han vill ha det. Kanske skulle de kunna skada honom med sådan vetskap, och för att inte göra sig sårbar så undanhåller han den informationen från dem. Ofta får Anna känslan av att han fortfarande arbetar inom polisens underrättelsetjänst, där han ställer frågorna och hon och hennes mamma svarar. Han är väldigt intresserad av vad de ägnar sin tid åt, men lägger som oftast locket på då det handlar om honom själv, då blir allt genast mycket hemligt. Anna beskriver att det känns som att leva i en kastrull där hon med jämna mellanrum blir kvävd av locket som Sergej plockar på och av.

Anna och hennes mamma brukar äta frukost tillsammans, ibland är hon helt förstörd av sömnbrist och dessa morgnar ligger alltid Sergej och sover, men när hennes mamma är utvilad så har han alltid åkt till jobbet. Anna misstänker att det har med Sergejs sexuella behov att göra. Hon har försökt att prata med sin mamma om Sergej, men hon når inte fram, hennes mamma säger oftast att, Sergej är Sergej, så är det! Anna har tänkt tanken att själv konfrontera sin pappa då det gäller hans behandling av hennes mamma, men bara tänkt tanken, Sergej är en person som man inte så gärna har synpunkter på. Hon vet inte vad hon ska ta sig till när det gäller hennes pappa, och även Dinara växlar samtalsämne då hennes pappa kommer på tal. Anna berättade att Sergej kan ställa till besvär om man skulle störa hans planer. Han är trevlig så länge man gör som han vill, men så fort det börjar gå honom emot så hårdnar han, och han ökar trycket tills man gör som han vill.

Man får nästan intrycket av att Sergej ser det som en utmaning som han vägrar förlora om någon går honom emot. Man får det obehagliga intrycket av att han är kapabel till vad som helst för att få sin vilja igenom.

Dinaras mamma bor på ett serviceboende och Anna besökte henne för drygt ett år sedan. Hon berättade att 1991 då Sovjetunionen upplöstes så privatiserades många företag som tidigare ägdes av staten. Landets politiker hade svårt att värdera vad företagen var värda, och många företag såldes för en spottstyver till människor som hade goda kunskaper om vad företagen var värda på den fria marknaden. Förenklat så överfördes folkets pengar till en liten grupp av människor som blev mångmiljardärer. Den grupp av människor som lyckades göra de här oerhört lukrativa affärerna kom att benämnas oligarker. Oligarkerna har gemensamt att de tillhör en begränsad grupp av människor som har ett såpass stort kapital av rikedomar att de direkt och indirekt påverkar samhället i den riktning som passar deras ändamål. Ett tydligt exempel är när Boris Jeltsin blev omvald som landets president 1996. På hösten 1995 hade han popularitets siffror som rörde sig mellan 5 och 8 procent, kommunisternas presidentkandidat började se ut som en vinnare. Två oligarker som styrde de två största tv-kanalerna i Ryssland samt ett stort antal tidningar lyckades på några månader vända Jeltsins bottensiffror till smått otroliga 53 procent. Boris Jeltsin vann valet och i utbyte stärktes oligarkernas makt ytterligare. Även Sergejs makt har stärkts och hans förmögenhet har bättrats på avsevärt sedan Sovjetunionens upplösning. Han har haft affärskontakter med oligarker, Dinaras mamma trodde att denna kontakt fortfarande pågick. Anna är inte helt förvånad, hon tror på Dinaras mamma, när hon tänker efter så har hennes familj en hög levnads standard. De bor i ett fint hus, äter exklusiv mat, Sergej har en lyxig bil, hon får pengar av Sergej när hon behöver om hon lämnar kvitton över de inköp som görs till honom. Anna känner ett stort obehag över dessa uppgifter som kommit till hennes kännedom. Kan det vara så att de pengar hon får av Sergej är orena, intjänade via korruption och på andra människors olycka och sorg?

Jag skulle också känna en känsla av orenhet, att ta emot pengar som kan ha intjänats på det sätt som Anna befarar. Undra om de här Oligarkerna även har ett visst inflytande i vårt Sverige, sätt upp det på agendan, det blir intressant att prata om, Samuel.

2010-07-06

I lördags eftermiddag besökte Anna sin mammas jobb för att prova en klänning. Det var snart dags för stängning, hon gjorde slag i sak och bestämde sig för en svart, stilig klänning. Hennes mamma insisterade att det var ett bra val och gav klänningen som en present till henne.

När de kom hem till huset så möttes de av Sergej som sa att han var tvungen att åka till jobbet, ett kvällsmöte väntade. Anna satte på kaffebryggaren, masserade sin mamma och serverade henne en kopp kaffe. De älskade lördagar då de visste att Sergej ofta var borta till tidig morgon nästkommande dag. Han hade gett dem tillåtelse att ha det extra lyxigt på lördagar, villkoret var att de stannade inom husets fyra väggar. De pratade mycket med varandra, åt god mat, spelade spel, läste böcker och tittade på film tillsammans. Anna frågade spontant, om hennes mamma kunde berätta något om hennes liv, exempelvis när hon träffade Sergej. Jelena var 24 år och arbetade på en populär krog i centrala Moskva, en av stamgästerna var Sergej. Han var alltid själv när han besökte krogen och han var artig, proper, fåordig och väldigt skärpt. Hon var ofta tvungen att liksom bita sig i läppen för att inte framstå som intresserad av honom. Det var strängt förbjudet att inleda kärleksrelationer med gäster. Vid ett tillfälle berättade Sergej att han tyckte det var avkopplande att besöka krogen efter en ansträngande dag på jobbet. Han gillade just den krog som Jelena jobbade på, för att det var så trevlig personal. Det visade sig att han var i tjänst under sina besök på krogen då det två dagar senare utbröt en eldstrid mellan honom och två andra män. Jelena fick blodstänk i ansiktet och hjärnsubstans på bardisken vilket medförde den fina gesten av Sergej att bjuda henne på bubbelbad och äkta champagne. Sergej hade under en längre tid kartlagt männens umgängeskrets då de ägnat sig åt ekonomisk brottslighet, männens öde var oundvikligt då de öppnade eld mot honom. Han hade en stor erfarenhet av närstrider då han i många år verkat inom den sovjetiska underrättelsetjänsten. Jelena föll för charmören Sergej. Han lirkade henne kring sitt lillfinger och har sedan dess aldrig släppt greppet. Sergej har alltid levt sitt liv på sina villkor, visat mycket kärlek när han har åstadkommit det han velat, när hans förväntningar har infriats. Han var otroligt lycklig när Anna föddes, gav mycket kärlek och hjälpte till hemma. Jelena tyckte att deras relation har fungerat ganska bra, ända fram tills Sovjetunionens upplösning. Efter det har deras relation försämrats, mer kunde hon inte berätta innan hennes tårar började rinna ner för hennes kinder. Anna kramade om sin mamma.

2010-07-12

Anna har gjort att mitt liv har fått en större mening, jag känner ett visst ansvar för min lilla tjej från Ryssland. Hon känns så god och gullig. Det är bara 123 mil, fågelvägen mellan Stockholm och Moskva att jämföra med färd på väg Lindesberg-Kiruna som är cirka 130 mil. Min vän, vi borde träffas snart, trots det långa avståndet, hoppas att det inte dröjer en evighet.

2010-07-14

För mig är köket husets hjärta, där familjen ofta umgås spontant vid måltider och vid andra tillfällen, en plats där det ges bra förutsättningar för olika sorters samtal. Ingen tv-apparat som distraherar eller skön soffa som inbjuder till vila. Förhoppningsvis är det också högt i tak, acceptans för oliktänkande och att olika åsikter får möjlighet att brytas mot varandra. Det här verkar vara en utopi i Annas hem.

Hon berättade att hennes familj vid deras senaste gemensamma middag kom in på ämnet plastikkirurgi, Anna och Jelena tyckte det var tragiskt att många unga tjejer utsatte sig för kirurgiska ingrepp. Att samhället är så utseendefixerat, att det är en fördel att se bra ut när det är dags för jobbintervju. De frågade Sergej om han tar hänsyn till utseende när han anställer människor. Han svarade att det var en självklarhet, alla kvinnliga medarbetare måste se representativa ut för det företag de representerar, speciellt de kvinnor som är företagets ansikte utåt. Har han fått tag i en kvinna med mycket god kompetens men med ett ofördelaktigt yttre så är han alltid öppenhjärtig och erbjuder henne en skönhetsoperation som ska ses som en löneförmån. Han berättade också att han hade erbjudit Jelena ett bröstlyft. Hon hade tackat nej, då hade han försökt att övertala henne, han drog parallellen med en bil som även den behöver repareras när den blir gammal.

Vilken kvinnosyn! Han skulle själv behöva reparera en mer väsentlig kroppsdel, eller hur, Samuel.

2010-07-19

Jelena är väldigt trogen sitt jobb, hon har arbetat i samma klädaffär i 25 år och dagarna som hon har varit borta från jobbet är lätträknade. I fredags morse när de åt frukost blev Anna förvånad och misstänksam då Jelena berättade att hon inte orkade gå till jobbet, hon kände sig hängig utan att ge någon mer ingående förklaring. Anna undrade naturligtvis vad det var för fel med Jelena.

Anna och Dinara hade en heldag tillsammans på universitetet, inga föreläsningar utan enbart självstudier. Anna berättade att hon kände sig orolig för sin mamma, trodde att hon mådde mycket sämre inombords än hon gav sken av utåt, att hon inte vill oroa sin dotter. Dinara försökte trösta Anna och menade att hennes mamma trots allt har det mycket bra jämfört med många andra kvinnor. Hon har en hög levnadsstandard, en stilig man samt en underbar dotter. Hon förklarade också att även hon och Anna har upplevt både upp- och nedgångar i livet, alla människor har det, det är naturligt. Hennes mamma skulle säkert bli piggare, bara hon fick lugn och ro. Anna kände sig bättre till mods efter att ha hört detta, och hon är glad att hon har en vän som Dinara.

När Anna kom hem på kvällen, så var det mörkt inomhus, hon gläntade på dörren intill föräldrarnas sovrum och såg sin mamma sittandes på sängkanten. Hon satte sig bredvid henne, lade ena armen kring henne och frågade hur hon kände sig. Det hade varit svårt att sova för att det smärtade i hennes revben, hon berättade att hon under gårdagen halkat i trappen på jobbet och slagit sig. Det var de där förbaskade kartongerna som skulle bäras upp från källaren som var boven i dramat. Anna insisterade att hon skulle följa med till sjukhuset för att bli röntgad, men hennes mamma menade att det inte var någon idé eftersom brutna revben läker av sig självt.

På lördag eftermiddag besökte Anna en livsmedelsaffär som ligger i närheten av Dinaras lägenhet. Hon hade planerat att först göra ett spontanbesök hos Dinara för att sedan köpa goda delikatesser till lördagens myskväll, affären har en underbar chark. Hon knackade rejält på lägenhetsdörren, ingen öppnade, det var som hon antog, Dinara var inte hemma. Hon dröjde dock kvar en stund utanför lägenheten för att se om någon persienn vinklades upp, det hände nämligen ganska ofta att Dinara åt frukost vid denna tidpunkt. På vägen till affären passerade hon Sergejs Mercedes, hon blev besviken, skulle han handla mat till deras myskväll. Hon kände en lättnad då hon inte såg till honom i affären, hon tänkte att han säkert hade något ärende i området. Hon upplevde en härlig känsla inombords, äntligen lördag.

Anna gick hemåt med ett leende på läpparna, en kasse med mat som hon visste att hennes mamma skulle uppskatta. När hon närmade sig huset så såg hon att Jelena var ute i trädgården, hon satt på en stol under ett träd, det var mycket varmt ute och det fanns inga tecken på att svalare väder var i annalkande. Anna visste att hon inte uppskattade värmen, att hon säkert längtade efter hösten, att få andas frisk luft i en färgsprakande natur, det gillade hennes mamma. Hon berättade ofta att hon längtade efter att få vistas i skog och mark. Jelena blev glad då hon såg Anna, ville att hon skulle gå in med varorna för att sedan komma ut och sätta sig bredvid henne i skuggan. Sergej satt i köket, såg väldigt pigg ut, hälsade trevligt och fortsatte att granska papperen på bordet. Anna gick besviken ut till sin mamma som förklarade att Sergej skulle vara hemma denna lördag. Hon utstrålade styrka, berättade att hon inte var beredd att tiga längre, tittade kärleksfullt på Anna och sa bestämt att hon inte accepterade några fler övertramp från Sergejs sida. Hon var beredd att lämna honom om det så skulle krävas.

På kvällen åt familjen gemensam middag, Sergej visade sig från sin bästa sida, berättade att han var stolt över dem, en dotter som var framgångsrik i skolan och en fru som alltid gjorde sitt bästa för att familjen skulle må bra. Han berättade också att han hade planerat att ta ledigt från jobbet i två veckor, han ville tillbringa ledigheten tillsammans med sin familj. Undrade om de var intresserade av att bo i en stuga som låg naturskönt vid en sjö. Han älskade att fiska och det fanns möjlighet för Anna att ägna sin tid åt hästar då det fanns ett stall i närheten. Han sken som en sol när han berättade, trots sitt mörka hår som skiftade i grått, markerade rynkor runt ögonen så såg han ut som en liten pojke på julafton, en förväntansfull pojke som väntade på bekräftelse. Anna och Jelena uppmuntrade honom, uttryckte att det var snällt av honom att ta semester för deras skull och att ta initiativet till att hyra en stuga. De ville dock få lite betänketid, han skrattade och berättade att han ville ha besked ganska snart.

2010-07-22

Sergej ska få möjlighet att visa sina goda sidor! De har tackat ja, de ska tillbringa minst en vecka tillsammans, i en stuga, ute i skogen. Han har plötsligt blivit jättetrevlig, schysst och omtänksam. Jelena fick till och med låna hans bil för att kunna ordna en del inköp inför resan. De åker redan på lördag! Anna berättade att hon tycker det ska bli otroligt skönt att få lämna Moskva, det är olidligt varmt och det finns ingen stans att fly värmen. Hon vill verkligen komma iväg från staden för att kunna bada och förhoppningsvis vistas i lite svalare väder. Hon berättade att många bränder har uppstått på grund av värmen, vilket oroar, men Sergej har försäkrat att han fått tag i en stuga i ett område där det är säkert att vistas. Anna ser ljust på framtiden, hon har en tro på att den här semestern ska stärka familjebanden.

Anna har upplevt en lycklig dag, igen, vilken lyckans ost! Tillsammans med Dinara, när de var i city för att handla, träffade de en lärare som de haft på universitetet. De gillar honom mycket, speciellt för hans humor. Han är en charmig lustigkurre med glimten i ögat. De minns speciellt en lektion, där han förklarade för studenterna att de måste arbeta hårt och inte förlita sig på tur eller Gud för att senare i livet kunna leva i rikedom. De försökte att ta till sig dessa ord, han fortsatte lite senare med att förklara för studenterna att de inte skulle ställa en massa dumma frågor utan istället ge honom tid att få kolla de vinnande numren i lotteriet han deltog i, varpå alla åhörare brast i skratt. Det brast även för mig då jag läste detta, vilken härlig lärare. Läraren ville bjuda hem dem på fika, de tvekade inte en sekund, det var precis vad de själva ville. Det var gångavstånd till hans lägenhet, väl framme så blev de nerkladdade av Makarov, lärarens hund som enligt husse blir alldeles tokig då det kommer damer på besök, Anna och Dinara började fnissa och blev inte förvånade när han började spela gitarr, de visste att han älskar musik. Han fortsatte med att visa kort, tagna från olika resor och berättade om intressanta platser och människor han mött. Anna berättade att hon och Dinara bara satt och gapade, de var helt lyriska. Varken hon eller Dinara har varit utanför landets gränser. De har visioner om att tillsammans få åka på en resa, gärna långt bort, Nya Zeeland är deras dröm resmål, de har blivit inspirerade av filmen "Sagan om ringen". Deras lärare är unik i avseendet att han varit utomlands, endast cirka 10 procent utav alla ryssar har varit utomlands. Anna och Dinara vill också tillhöra denna skara.

Samuel, apropå utlandsresor så händer det att jag drömmer mig bort till Prag. En stad som både du och jag uppskattade för dess praktfullhet och charm. Jag kommer aldrig att glömma Sankt Veitsdomen och dess trappa med 287 trappsteg som leder upp i ett torn med balkong, det kändes som om trappstegen aldrig skulle ta slut, och att vi både bekymrade oss för gamla tanter och farbröder som enträget kämpade sig uppför med svetten lackandes. Väl uppe var det en fantastisk vy över Prag och vi får hoppas att även de äldre som lyckades ta sig till toppen tyckte det var mödan värt. Och Du! Vad bra vi mådde då vi satt på kaféet mitt emot Kafkamuseet och konstaterade att Franz Kafka var en exceptionell man, det rådde inga tvivel om att vi befann oss i Kafkaland. För att inte tala om all god mat och dryck som berikade vår vistelse i Prag. I närheten av vårt hotell vid foten av Petrin parken fick vi bevittna statyer som rests till minne av kommunismens offer. Statyer föreställande människor som skildrar hur människan successivt bryts ned under ett kommunistiskt styre. Statyernas budskap berörde mig och har blivit än mer angeläget att lära mig mer om då jag nu har kontakt med en kvinna från det land som styrde över Prag och som tillämpade den politik som fick många människor att känna sig som halva individer. Du vet att jag är intresserad av politik och vill lära mig mer om det väldiga landet i öster, Anna kan säkert vara min tolk och vägledare för detta ändamål.

2010-07-23

Jag förstår att Anna lider av värmen, för när jag lyssnade på ekot så berättade de att temperaturerna i Moskva legat över 35 grader i flera dagar. Värmen har förorsakat flera skogs- och torvbränder som härjar kring Moskva. Invånarna och andra människor som vistas i staden plågas av rökfylld luft, spirorna på stadens kända Stalinskrapor var i morse knappt synliga på grund av röken. Det går knappast att vara ute, om det är nödvändigt så behövs andningsskydd. Anna har det säkerligen ansträngt, även om hon inte klagat över röken och värmen i breven jag mottagit. Hoppas att Sergej har fått tag i en stuga i ett område där det är betydligt behagligare att vistas.

Samuel, det bör vara betydligt svalare i Sverige nästa sommar då du planerat att springa Stockholm Marathon, om du ska orka. Har funderat då det gäller mitt deltagande och beslutat att tacka nej till ditt erbjudande om att träna tillsammans inför loppet. Jag ska först och främst försöka att förverkliga mitt mål om att åka Vasaloppet. Det tycker jag verkar vara en mer passande utmaning för mig. När jag gick på högstadiet och fick chansen att delta i en längdåkningstävling i skolans regi så visade jag min klass. Trots att jag tappade en skida som gjorde att jag förlorade mycket tid så blev jag ändå fyra i tävlingen. Dessutom bör man ha i åtanke att jag tävlade mot andra elever som tävlade för längdåkningsklubbar på sin fritid. Min styrka var min teknik i uppförsbackarna, jag åkte inte direkt skidor utan sprang istället uppför backarna, vilket var mycket effektivt. Det ska verkligen bli intressant att få svar på om min backteknik fortfarande är lika framgångsrik, 20 år senare.

2010-07-26

Det har hänt något fruktansvärt i Annas liv! Jelena har varit försvunnen i tre dagar. Hon lånade Sergejs bil i fredags för att åka och handla mat, och hon har fortfarande inte kommit hem. De har hittat bilen, den stod parkerad utanför ett köpcenter, med nycklarna i. Polisen utesluter inte att ett brott har begåtts. Den stora frågan är: Vad är det som har hänt? Och varför? Människor försvinner väl inte bara? Anna har pratat med polisen där hon berättat att hennes mamma har en ansträngd relation med Sergej och att hon har bestämt sig för att lämna honom om det inte blir en markant förbättring i deras relation. Polisen har också pratat med Sergej angående hans hustrus försvinnande. Anna vet inte så mycket om vad han har svarat, mer än att "han är förfärad över vad som har hänt". Vad det nu är som verkligen har hänt?

Anna har pratat med vänner och arbetskamrater till Jelena, men ingen vet något om det inträffade. Hon är väldigt ångestfylld, och menar att hon hade kunnat förhindra Jelenas försvinnande om hon bestämt sagt nej till Sergej, att hon inte kunde träffa Alexey, att hon istället skulle följa med Jelena till köpcentret. Sergej hade sagt till henne att hon skulle vara hemma för att de väntade besök. Alexey Lenok, son till en inflytelserik affärsman som Sergej är bekant med var inbjuden för att få träffa Anna. Han är intresserad av henne och Sergej anser att han är en het kandidat att få gifta sig med henne. Sergej har börjat kartlägga män, som enligt honom är lämpliga för att få gifta sig med hans dotter. Anna är mycket upprörd över hans kartläggningar, hon vill själv välja vem hon ska bli tillsammans med, och att gifta sig är ju inte det första man gör. Sergej menar å sin sida att hon får välja vem hon ska gifta sig med, att han endast hjälper henne att göra urvalet, sedan får hon välja mellan lämpliga kandidater. Hon är inte intresserad av någon kandidat som har presenterats, inte ens av Alexey Lenok som hennes pappa menar är en gåva till kvinnan. Anna uttryckte i vrede – Det är år 2010, jag är 28 år, en vuxen och självständig kvinna, och min pappa ska styra över mitt privatliv! Det är ju helt sjukt! Vad är det som händer? Räcker det inte med att min mamma är försvunnen? Hon berättade vidare att ovissheten och maktlösheten tär på henne, hon är ändå tydlig med att hon inte vill att jag ska tycka synd om henne utan istället ge henne mitt stöd, och att jag är beredd att ta emot hennes känslor. Hon behöver inte ha svar på alla känslor hon uttrycker, det viktigaste är att jag läser och försöker bilda mig en objektiv uppfattning om hennes livssituation.

2010-07-28

Anna avskyr att vara hemma, trots att hennes mamma är försvunnen så har Sergej frågat henne om hon börjat få klart för sig vilken kandidat hon ska välja. Det är som om Jelenas försvinnande inte betyder något för honom. Han uppträder precis som vanligt och har förklarat för Anna att det är ingen idé att oroa sig, polisen arbetar med försvinnandet och livet går vidare oavsett vad som händer.

Sergej verkar faktiskt inte särskilt berörd av att hans livspartner sedan 30 år tillbaka har försvunnit spårlöst. Det är inte normalt, om du frågar mig Samuel, så är det något som inte stämmer. Sergej verkar ju vara en kall och beräknande människa. För honom händer inget av en slump.....

Anna berättade för mig att alla kvinnor har drömmar, lust, åtrå och begär. Hon förklarade att drömmar är ämnade för att uppfyllas, att vi ska tro på dem då de är en slags vägvisare i livet. Att våra drömmar blir uppfyllda om vi är seriösa, att vi måste våga ta klivet via vår tro till ett förverkligande. Hon vill förverkliga drömmen om att bli sin egen arbetsgivare genom att starta ett bageri. Hon anser sig ha nyckeln till framgång, ett hemligt recept för att kunna baka fulländat bröd, denna skatt har hon fått av sin mormor. Hon undrade om jag trodde på hennes ord, att det hemliga receptet kommer att inbringa stora vinster.

Jag tror på hennes ord, att receptet säkerligen är unikt i sitt slag. Jag måste dock medge, vilket jag inte berättat för henne, att jag inte tror på någon större pengarullning då det gäller en bransch som i mitt kunnande inte genererar många kronor per arbetad timme. Du måste man sälja väldigt mycket bröd.

Annas drömmar om ett bageri har tilltagit sedan hennes mormor dog. Efter mycket dagdrömmeri och allvarsam tankeverksamhet har hon kommit till insikten att om hennes dröm ska kunna bli verklighet så måste hon ha en god och lojal medhjälpare. Mer precist en stark man, först då kan hon tacklas med sitt självförtroende då det gäller förverkligandet av bageriet. Hennes mormor dog våren 2004 efter en kort tids sjukdom. Hon älskade sin mormor lika mycket som hon älskar sin mamma, de har alltid varit trygga, närvarande och vårdande. Anna har lovat sin mormor att försöka leva den dröm som hon velat leva. Ett eget bageri vars framtid ska vila på "Det hemliga receptet" som endast provats i mormors kök, med mycket gott resultat. Hon känner en stor tomhet efter sin mormor, de hade det så trevligt tillsammans. Hon skojade ofta, något som Jelena sällan gör. Anna älskar humor och saknar den hos sin mamma ibland. Annas mormor berättade om tokiga saker som hände henne när hon umgicks med sin bästa väninna. De var inte direkt blyga när det gäller karlar, hon hade många karlar, men blev konstigt nog aldrig gift, vilket Jelena tyckte illa om, då brukade Annas mormor försvara sig med att hon tänkte på sin dotter, att det inte funnits någon man i hennes liv som varit lämplig att ta fadersrollen. Anna har aldrig träffat sin morfar, han lämnade familjen när Jelena var ett år, sedan dess har han inte hört av sig. Anna har frågat mormor varför hennes morfar lämnat familjen men inte fått något svar på frågan. Hon skulle vilja träffa sin morfar och undrar om han fortfarande är i livet. Anna glömmer aldrig då hon skulle förklara för sin mormor hur det fungerar när man kommunicerar med andra personer via datorn, hon trodde att det gick att prata med datorn, Anna började skratta och kort därpå började hennes mormor också att skratta.

Anna berättade också om sin längtan efter barn, hon uttryckte sin kärlek till dem genom orden "Barn är som blommor, genom barnen kan jag känna världen omkring dem annorlunda, mera färgrik". Hon fortsatte med att fråga om jag har en längtan efter barn, jag svarade henne att jag hela dagarna är omgiven av barn, att det kanske nödvändigtvis inte var primärt för mig att även hemma omfamnas av barn. Jag tillade att själslivet är dynamiskt, så småningom kanske det springer små kottar på mitt och förhoppningsvis vårt golv.

Anna berättade hur viktig vår brevväxling via våra mejl är och att vi ska fortsätta att skicka brev till varandra, även denna vecka då det inte blev någon semester. Hon försäkrade mig om att hon aldrig kommer att delta i någon familjesemester förrän hennes mamma kommer tillbaks hem, för utan henne så är de ingen riktig familj. Den familjära värmen saknas hos Sergej, vid Jelenas frånvaro är det extra påtagligt hur mycket hon betyder för Anna.

Samuel, jag skulle vilja ta med Anna på en semesterresa till Prag! En stad som jag har en känsla för att även hon skulle tycka om. Jag är övertygad om att Prag kan hjälpa oss att få den rätta stämningen för ett betydelsefullt utbyte av känslor, tankar och erfarenheter. Hon har aldrig varit utomlands, och borde sukta efter att få se och uppleva något annat än Ryssland. Okej, jag har stor respekt för att det finns mycket att se och uppleva i ett land som är cirka 38 gånger så stort till ytan som Sverige och med en befolkning på cirka 140 miljoner människor. Om hon inte vill åka till Prag utan istället vill se och uppleva mer av sitt hemland så tycker jag att det skulle vara en minst lika bra idé, då jag själv har ambitioner att lära mig mer om detta väldiga land. Jag skulle vilja åka den Transibiriska järnvägen tillsammans med Anna. Det passar bra, då kan hon först visa runt mig i Moskva innan vi drar iväg på vår 9 300 kilometer långa färd mot Vladivostok. Det borde vara stort även för henne då hon säkerligen har mycket kvar att se av Ryssland. Jag har besökt Orsa björnpark och där beskådat det största nu levande kattdjuret, Sibirisk tiger, ett kraftpaket på 250 kilo som lever i sydöstra Ryssland. Vi bör nog inte lämna tåget för att utforska sydöstra Ryssland på egen hand. Även om chanserna att stöta på en Sibirisk tiger är minimala så finns det en uppenbar risk att gå vilse i detta enorma landskap. För mig har Sibirien varit ett begränsat bistert område dit regimen skickade människor som de ansåg hade begått olika typer av brott. Där skulle de få betala för sina synder genom arbete i arbetsläger. Blev förvånad att jag tolkat det geografiska området så felaktigt, att Sibirien upptar cirka 75 procent av Rysslands yta blev ett stort uppvaknande för mig som fick mig att inse dess storhet. Jag tror inte jag och Anna ska försöka oss på någon egen vandring i detta stora och mångfacetterade landskap, men en tripp på den Transibiriska järnvägen vore en bra aptitretare.

2010-08-02

Sergej har psykiskt misshandlat sin dotter, sitt barn, han är avskyvärd! Hur kan en människa bli sådan! I onsdags kväll kom han hem från arbetet och var kraftigt berusad. Anna satt i köket och läste i en tidning om heminredning, han rev sönder tidningen och sa till henne att hon först och främst ska gifta sig innan det kan bli aktuellt att välja inredning för ett boende. Han tittade nedvärderande på henne och sa till henne att hon var tvungen att sluta med sina horerier, att han inte accepterade någon mer abort, att hon hade skämt ut familjen tillräckligt. Hon fick ett ultimatum, inom en vecka så ska hon lämna besked, vilken av kandidaterna hon ger klartecken till att äta middag med. Sergej var mycket frustrerad, om hon inte engagerade sig mer i de män han föreslog så skulle han vidta nödvändiga åtgärder för att åstadkomma en förändring. Anna kände stort obehag inför denna situation, kanske främst för att hon vet att Sergej inte tvekar att göra verklighet av sina hot.

Anna blir väldigt sårad när Sergej attackerar henne med en av de smärtsammaste upplevelserna i hennes liv. När hon var 17 år och han indirekt tvingade henne till abort. Hon var väl medveten om att det var en mycket svår situation, pappan till barnet hävdade bestämt att hon skulle göra abort då han inte hade någon möjlighet att ta hand om barnet. Hon kunde knappast själv ta hand om barnet då hon helt och hållet saknade ekonomi för att försörja ett barn. Sergej var inte beredd att ställa upp med en endaste rubel om hon födde barnet, hans främsta orsak till detta var

23

att han ansåg att pappan till barnet var ett fattighjon, han hävdade bestämt att det vore en skam för familjen om detta fattighjon, ja rent av slödder blev en del av familjen. Jelena var ambivalent men tyckte ändå att abort var det minst dåliga alternativet. Hon hade en svag egen ekonomi, och hade inte förutsättningarna att hjälpa till ekonomiskt. Hela Annas framtid skulle riskeras om hon valde att föda barnet. Sergej hade berättat för henne att han skulle hjälpa henne ekonomiskt då det gällde utbildning och andra saker som han tyckte var viktigt, men allt var tvunget att ske på hans villkor, som vanligt. Han investerade inte en enda rubel i sin dotter om det inte var något som han själv tyckte var bra. Anna valde att göra abort, ett beslut som ständigt gör sig påmint och som gör det än svårare att leva med då Sergej konfronterar henne med detta plågsamma minne.

Anna pratade med Dinara om Sergejs hot, hon ville ha råd då ingen av de handplockade kandidaterna kändes intressant. Hon känner ingen attraktion för vare sig Vladimir eller Igor, visst de är stadda i kassan men det räcker inte, hon vill känna kärlek och attraktion. Dinara försökte övertyga henne, att det viktigaste var att hennes blivande man hade en bra ekonomi, att hon aldrig skulle behöva oroa sig över ekonomiska spörsmål. Hon tyckte att Anna skulle visa att hon var attraherad av Alexey Lenok, han är rik, snygg och bara några år äldre, en utmärkt man, ansåg Dinara. Anna delade inte hennes åsikt, hon tål inte Alexey och blev upprörd, hon tyckte att det var bedrövligt att hennes pappa ska lägga sig i vem hon ska vara tillsammans med. Dinara tröstade henne, hon sa att han bara ville henne väl, att han gjorde detta av kärlek.

Det här smärtar, att även Dinara försöker påverka Anna att inte tänka med hjärtat.

Anna tycker att Dinara har förändrats, att hon inte är sig lik. Tidigare har hon alltid tagit parti för henne, det har alltid varit de mot världen. Nu verkar det som om Dinara ser på världen med andra ögon.

Dinara kommer ursprungligen från Moskva, när hon var 18 år flyttade hon och hennes mamma till Cheboksary, en stad som ligger cirka 650 kilometer öster om Moskva. Dinara vägrade först att flytta men hon var tvungen då hennes mamma blev förälskad i en man som erbjöd henne ett bra jobb. De bodde nästan sex år i Cheboksary. När äktenskapet inte fungerade längre så valde de att återvända till Moskva. Anna och Dinara blev otroligt lyckliga då de återigen fick mycket tid att umgås. Även om de bara sågs vid några enstaka tillfällen under Dinaras tid i Cheboksary så höll de ständigt kontakt genom att skicka brev till varandra. Genom regelbunden kontakt så hade de fortfarande en god insyn i vad som hände i varandras liv.

Denis, Dinara och hennes mamma trivdes väldigt bra tillsammans. Denis arbetade som ingenjör på ett företag i Cheboksary där Dinaras mamma ansvarade för ekonomin. Dinara tyckte om Denis, han ställde alltid upp för henne, han kom att bli som en biologisk far. Då hon förklarade för honom att hon var skoltrött och behövde ett studieuppehåll så dröjde det inte länge förrän han ordnade ett arbete, på en bar. Dinara fick många trevliga kollegor, Olga 29 år kom att bli hennes bästa kollega och även en vän som hon umgicks flitigt med på fritiden. Olga hade en dröm om att kunna lämna Ryssland, hon ville passa på innan hon blev för gammal och oattraktiv. Hon förstod att hon inte hade någon möjlighet att arbeta ihop de pengar som krävdes för att kunna lämna landet och vara ekonomisk oberoende under en övergångsperiod. Enda sättet för henne att nå sin dröm var att söka efter kärleken och därigenom kunna förverkliga sin dröm. Hon tog kontakt med en resebyrå vars verksamhet även inrymde en underavdelning där ryska kvinnor erbjöds hjälp med att träffa utländska män, det handlade om nätdejting, Under en period av tre månader lyckades hon komma i kontakt med ett flertal män som hon ansåg var lämpliga att träffa. Det hela resulterade i att hon nu har en relation med australiensaren Scott, hon har besökt honom i Australien och han har besökt henne i Ryssland. Enligt Dinara så är de fortfarande kära och bor numera i Australien. Dinara nätdejtade också utländska män, tyvärr lyckades hon aldrig etablera någon kontakt som ledde till något fysiskt möte. När hon kom hem till Moskva så fortsatte hon att nätdejta utländska män. Sommaren 2010 började Anna att nätdejta och enligt henne så är jag den enda man som hon anförtror sig till. Hon vill inte kalla vår kontakt för nätdejting då hon tycker att det känns så ytligt, hon menar att vi har en mycket djupare kontakt än den kontakt som Dinara har med de män som hon nätdejtar.

När Dinara och hennes mamma återvände till Moskva så valde de att skaffa ett varsitt boende, de köpte en varsin lägenhet. Dinaras mamma kunde göra detta tack vare att hon fick mycket pengar då hon skildes från Denis och Dinara är en rik student. Enligt Dinara berodde skilsmässan på att kärleken på något sätt dog ut mellan Denis och hennes mamma. Hon har berättat för Anna att hon saknar Denis men att det är viktigt för henne att hon lägger tiden i Cheboksary bakom sig och går vidare i livet. Anna förstår inte att Dinara har så lätt att lägga saker bakom sig och gå vidare, själv har hon ett mycket större behov av att få ventilera sina känslor med andra människor, ett behov av att få genomgå en sorts själslig läkning, så att såret i hjärtat får någon slags ro.

Två år efter skilsmässan drabbades Dinaras mamma av en neurologisk sjukdom, hon mår mycket dåligt då hennes kropp utsätts för skov. Hon ville i det längsta bo kvar i sin lägenhet men det blev tillslut ohållbart. Nu bor hon på ett serviceboende. Dinara besöker sällan sin mamma, hon menar att de liksom har mist kontakten med varandra, de pratar inte samma språk längre, och har helt olika värderingar. Anna tycker det är naturligt att kommunikationen dem emellan inte är vad den har varit. Dinara uppskattar om hon inte nämner hennes mamma.

Anna tycker det är tungt att leva, hon saknar sin mamma oerhört mycket. Ett polisuppbåd söker efter henne, men hittills har det inte gett något resultat. För varje dag som går ökar sannolikheten att hon bragts om livet, inget tyder på att det är en fråga om kidnappning med syfte att pressa familjen på pengar, ingen form av lösensumma har begärts. Dock finns det en teori om att hon försvunnit av egen vilja. Anna funderar mycket på om denna teori är den faktiskt gällande, hon mådde uttryckligen dåligt i sin relation med Sergej, men skulle hon ha hjärta att lämna sin dotter utan någon som helst förvarning eller förklaring? Anna har förhoppningar om att hennes mamma snart ska lämna något sorts meddelande till henne, ett livstecken för att ingjuta mod i henne. Hon känner inte att hon har det stöd av Dinara som hon har haft tidigare, Dinara förstår att Anna saknar sin mamma men hon menar att det är viktigt att hon inte fastnar i en förhoppning om att hon lever, hon måste gå vidare i livet. När Anna är ensam hemma brukar hon lägga sig på sin mammas säng, hon känner hennes närvaro när hon gör detta, hon brukar också lukta på hennes favoritblus.

Den extrema värmen fortsätter i Ryssland, Anna är sällan ute, värmen och framförallt röken från de bränder som härjar runt Moskva gör att det blir ansträngt och rent av skadligt för hälsan att vistas utomhus. Sergej har skaffat fläktar som gör det betydligt behagligare att vara inomhus. Anna är orolig för att värmen och alla bränder ska försvåra polisens sökande efter Jelena, å andra sidan om hon vill hålla sig undan så kanske det kaos som följer i brändernas spår är till gagn för henne. Hon tycker det är konstigt att Sergej inte verkar bry sig om sin hustrus försvinnande. Nog för att han är kallsinnig, men Anna är van vid att Sergej agerar kraftfullt när saker som han inte gillar inträffar. Hon har inte sett eller hört om någon åtgärd från Sergejs sida. Detta tolkar Anna som att antingen gör det inte honom något att Jelena har försvunnit eller så ligger han själv bakom försvinnandet.

Anna har sommaruppehåll från sina studier, det är endast självstudier som gäller då universitetet inte tillhandahåller några föreläsningar under rådande situation. Hon har fått tillåtelse av Sergej att lämna hemmet för att besöka universitetets bibliotek. Där bedriver hon självstudier och skriver de brev som hon skickar till mig.

2010-08-03

Tittade på rapport idag. Ryssland genomlider den värsta värmeböljan på över hundra år. Hundratals bränder härjar i Ryssland och över 150 000 personer kämpar mot bränderna. Bränderna vattenbombas med tusentals ton vatten varje dag. 40 människor har omkommit i anknytning till bränderna och tusentals ryssar har tvingats lämna sina hem. President Dmitrij Medvedev har utlyst katastroftillstånd i Moskva. Läste också i Dagens nyheter att enligt nyhetssajten Lenta.nu så överväger Moskvaregionens guvernör Boris Gromov att införa ett totalförbud att vistas i skogarna runt Moskva. Temperaturer på omkring 38 grader innebär att elden lätt får fäste och kan fortsätta att sprida sig. Många bränder uppstår då människor av oaktsamhet inte släckt lägereldar, kastat brinnande cigarettfimpar och lämnat krossat glas efter sig i skog och mark.

Hoppas att fläktarna som Sergej införskaffat till huset är effektiva, det börjar bli ohållbart att vistas i Moskva. Funderar på att fråga Anna om jag ska komma till Moskva, så kan vi därifrån tillsammans åka på en semester till ett behagligare ställe.

2010-08-06

Sergej har återigen misshandlat Anna.

Han är ju helt sjuk den mannen! Han kan ju inte få fortsätta att vistas bland människor, han måste låsas in på obestämd tid.

Även denna onsdag kväll kom han hem berusad. Han gick in i tv rummet, stängde av tv- apparaten och satte sig i soffan bredvid Anna. Lade sin ena arm över hennes axlar för att kort därpå föra sin hand mot hennes nacke, började massera försiktigt samtidigt som han frågade med en mjuk, kärleksfull röst om hon hade bestämt sig för vilken man hon skulle erbjuda att få bli bjuden på middag av. Anna försökte förklara att hon måste få välja själv vem hon ska inleda en kärleks relation med, för att det ska finnas goda framtidsutsikter för ett lyckat äktenskap. Sergej gav sitt svar, använde hennes hår likt ett handtag på en väska, drog upp henne från soffan och gav henne måttligt med stryk som skulle få henne att inse allvaret, men inte allvarligare än att hon skulle kunna gå och även kunna möta människor med sin blick utan antydan på några synliga skador. Anna tog kontakt med den sociala myndighet som arbetar med familjeproblem. Hon berättade att hon hade allvarliga kommunikations- och relationsproblem med sin pappa och att hon hade blivit misshandlad av honom. De sociala myndigheterna tog kontakt med sjukvården som ska undersöka hennes kropp och dokumentera de skador hon fått av misshandeln. Hon har fått tid på måndag morgon för undersökning och dokumentation.

Dinara tar hand om Anna under helgen, hon har lovat att Anna ska få bo hos henne tills Sergej blivit dömd för misshandeln. Dinara var väldigt rar och berättade att hon skulle kontakta Denis för att fråga om de kunde komma och hälsa på honom. Dinara längtar efter att campa, hon, hennes mamma och Denis campade varje sommar. Det är en tradition som Denis haft i många år, när Dinara och hennes mamma flyttade till Cheboksary så blev det även deras tradition. De besökte alltid en camping som ligger i ett område med en mycket vacker skog, och genom skogen flyter en liten älv. Det är en mycket vacker plats, skogen och älven bidrar till sann romantik, på den platsen vill Dinara gifta sig. Denis har ett stort tält som allesammans sover i och använder som skydd mot regn och vind. Anna har aldrig sovit i tält, hennes familj har alltid sovit i stuga när de semestrat. Denis brukar ofta fiska i älven, har han god fiskelycka så brukar de äta fisksoppa, har det nappat dåligt så äter de fisk på burk, sill i tomatsås. Dinara älskar att äta mat ute i naturen.

Dinara frågade om Anna ville läsa de senaste numren av de bästa tidningarna. Hon köper alltid de mest exklusiva tidningarna, framför allt modetidningar, hon älskar mode, och skulle själv platsa inom modebranschen.

Dinara verkar ju vara en naturlig skönhet.

Annas favoritsysselsättning när hon hälsar på är att läsa tidningar, hon fattar inte att Dinara har råd att köpa så många exklusiva tidningar. Anna läste om erotik i en tidskrift som fokuserar på den kvinnliga sexualiteten, hon tycker om att läsa berättelser som läsare av tidningen har skickat in, där de berättar om erotiskt laddade händelser, både lyckade och mindre lyckade, ibland rent av pinsamma. Dinara ritade av en kvinna från ett modemagasin som hon tyckte hade en läcker framtoning. Hon har funderat på att börja arbeta med mode då hon har en vision om att skapa en egen klädkollektion. Först ska hon träffa en rik man som kan hjälpa henne att få igång verksamheten. När hon väl lanserat sin klädkollektion så ska hon fundera över om det är värt att behålla honom. Anna tycker det är lågt att behandla människor på det sättet, men hon säger det inte till Dinara, hon är inte säker på om hon talar sanning, hon kanske bara skämtar.

Dinara kan inte bara skryta med att hon har en diger samling av exklusiva tidningar, hon har också många dvd-filmer och cd-skivor. De har en ganska likartad musiksmak, tycker om att lyssna på både ryska och utländska artister. Favoriterna bland de ryska grupperna/artisterna är Zemfira, Splin, Ariya och BI-2. Favoriterna bland de utländska grupperna/artisterna är Bon Jovi, U2, Cranberries, Scorpions och Elton John.

När det gäller filmskådisar så tycker Dinara att Mel Gibson är en exceptionellt bra skådespelare. En av hennes favoritfilmer är "Patrioten" där Mel Gibson deltar i det amerikanska frihetskriget. Hon hänförs av Gibsons starka kärlek till sitt moderland. Hon anser att patriotism är en kvalitativ egenskap hos människor som svetsar samman människor till ett folk som inte tolererar att dess nations flagga blir söndertrasad.

Dinara och Anna har olika åsikter om patriotism, Dinara ser sig som en anhängare till den national patriotiska rörelsen som enligt Anna har likheter med fascism. Dinara anser att Anna har brisfälliga kunskaper när hon drar den parallellen. Hon håller med henne i avseendet att rörelsen har kritik mot liberalismen och att det finns en gren av rasistisk nationalism inom rörelsen, men att hon glömmer att det också finns en modern variant av konservatism med imperiedrömmar som tar avstånd från kränkningar av mänskliga rättigheter. Anna är skeptisk mot Dinaras hållning och har försökt förklara för henne att det inte går att bortse ifrån att det förekommer samarbete mellan den national patriotiska rörelsen som hon säger sig vara anhängare till och extrema höger patrioter. Dinara blir ofta irriterad när Anna använder denna retorik och försvarar sig med att det inte finns något likhetstecken mellan hela den national patriotiska rörelsen och dess extrema former.

Dinara är något desillusionerad, hon menar att Sovjetunionens upplösning har medfört sina avigsidor, människor som tidigare vågade ta plats och kämpa för rätten till oliktänkande nu tycks vara fullt upptagna med att befästa sina egna positioner i samhället. Att tiga tycks nu vara ledordet för framgång och det bästa genidraget. Anna håller delvis med, hon instämmer att tystnaden mycket väl kan bero på att en grupp av inflytelserika människor har fått privilegier och ett välstånd som inte är värt att riskera livet för genom att vara obekväm. Å andra sidan så tycker hon att fördelarna överväger, människan kan i mycket högre utsträckning forma sitt eget liv utan pekpinnar från regering och samhälle vilket bör vara fundamentalt i ett samhälle, människans frihet måste alltid sättas i centrum. Anna anser också att regeringen försöker att forma unga människor till en ökad patriotism, skolans lärare uppmanas att fostra elever till patriotism genom att använda positiva exempel från Sovjetunionen. Sommaren 2007 kom det ut en handbok för historielärare som ska fungera som ett stöd för dem i deras gärning för ökad patriotism. De är dock väldigt överens om att den samhällsreform som resulterade i att statliga företag såldes ut för en spottstyver till en liten grupp av elitister, att ryska folkets pengar hamnade hos några få belevade människor är att anse som ett lågvattenmärke bland samhällsreformer. Anna kom att tänka på Sergej när de diskuterade denna gemensamma ståndpunkt. Hon tyckte att det kändes skönt att de var överrens om att människor som ägnar sig åt verksamheter vars mål är att tjäna pengar om det så innebar att kliva över lik var förkastligt och utförda av cyniska människor. Anna och Dinara är allmänbildade och väldigt intresserade av samhällsfrågor. De tycker om att diskutera politik, ibland kan det bli tuffa debatter men det slutar oftast med en kamratlig värme.

Samuel, intresset för politik har de gemensamt med oss, fast vi är nog betydligt lugnare då vi diskuterar samhällsfrågor.

"Sagan om ringen" är en annan film som har bidragit till många diskussioner, vilka har varit desto mjukare, kanske beroende på att de delar en gemensam dröm om att få möjligheten att besöka Nya Zeeland. De har bestämt sig för att detta inte bara ska förbli en dröm, de ska förverkliga den. Filmen har skänkt dem en ny möjlighet i livet, att vid mentalt tunga perioder kunna dagdrömma sig bort till en miljö som ger frid i själen. Anna och Dinara pratar ofta poesi, kort sagt hur det känns att leva och då främst om kärlek, det största värdet i livet men också den svåraste livsuppgiften. De är vuxna människor, 28 år, de borde ha hela världen framför sina fötter, oanade möjligheter att förverkliga sina drömmar. Trots detta menar Anna att hon känner sig bakbunden, även när hennes mamma var hemma och gav henne trygghet så kände hon detta, hon vill mycket men blockeras av både inre och yttre omständigheter. Hennes pappas kontrollbehov och krav att hon ska leva sitt liv med en utvald man. Besviken över att hon inte skaffat sig ett arbete och en egen bostad, varför har hon lydigt sin pappa och satsat all sin kraft på sina studier? Det kanske inte leder till det oberoende och välmående liv som han tycks ha patent på. Dinara har ett eget liv i större utsträckning än Anna, egen bostad och en bra ekonomi som ger henne ett större oberoende att staka ut sin egen färdriktning i livet. Det Dinara saknar är trygghet, hennes mamma är svårt sjuk och hennes pappa är död. Hon har inga syskon, mor eller farföräldrar att ty sig till. Den enda trygghet hon har, är Anna. Enligt Anna så är det extra viktigt för Dinara att hon träffar en trygg man vars kontaktnät kan fungera som ett skyddsnät för henne. När de pratar om kärlek, politik, kultur och livet i dess helhet så är det ofta allvarsamt. Anna betonar att de också har många stunder av tjo och tjim, glädje och skratt, som när de tillsammans tittade på komedin "Me, Myself and Irene" då brast det för dem båda, de skrattade så att de nästan grät. De minns också när de var små och började skratta så att det sprutade saft från både mun och näsa, o ja, de gillar humor och kan också tycka det är uppfriskande när allvar förmedlas med hjälp av humor.

Anna har ett stort intresse för böcker, Dinara tycker också att det är intressant att läsa böcker. Skillnaden är att hon tröttnar fort, det får inte gå för länge innan stegringarna i boken ger sig till känna, dröjer spänningen så tappar hon ofta lusten att fortsätta läsa. Anna har en helt annan uthållighet och en förmåga att uppleva en spänning som Dinara skulle kunna passera obemärkt. Anna gillar inhemska författare, speciellt Pusjkin och Tolstoy, hon tycker om budskapet om barmhärtighet som löper som en röd tråd genom den ryska litteraturen. Hon har själv ställt sig frågan om den barmhärtighet som förmedlas i litteraturen speglar dagens Ryssland, om de som styr landet har budskapet om barmhärtighet införlivat i kropp och själ då de fattar avgörande beslut för människors framtid. Hon har i nuläget inte funnit något entydigt svar på frågan, hon tycker dock att det är väl tufft att inte fler fångar blir benådade från långa fängelsestraff, det är inte säkert att ett hårt klimat inom rättsväsendet skapar ett bättre samhälle. Anna har ett boktips till mig! Hon tycker att jag ska läsa böcker från fantasyserien "The Dark Tower" av författaren Stephen King. Huvudpersonen i böckerna heter Roland Deschain, hon beundrar den målmedvetenhet som Deschain visar upp i böckerna. Hon attraheras av män som drivs av målmedvetenhet och vill träffa en man som har mål i livet och som är intelligent nog att försöka uppfylla sina mål. Hon undrade vilken typ av böcker som jag uppskattade att läsa.

Jag svarade henne att jag tycker det är intressant att läsa självbiografier och faktaböcker, böcker som skildrar verkligheten. Att jag kan ha svårt för böcker som är orealistiska, vilket fick Anna att reagera, hon tycker att jag ska använda och utveckla min fantasi då det bidrar till glädje och motverkar trångsynthet. Jag håller med Anna, jag behöver nog läsa texter som innehåller fantasi också.

Anna har skickat två bilder på sig själv där hon tränar aerobics, jag granskade bilderna och har bekräftat för henne att jag fullständigt håller med henne om att hon är i bra form. Jag tror dock inte att jag ska skicka några gymbilder på mig själv, hon får fortsätta att förutsättningslöst fantisera. Dinara tränar också aerobics, enligt

Anna är hon också i bra form. Skillnaden dem emellan är att Anna tycker det är roligt att träna. Dinara har inte samma gnista när det gäller träning men känner en stor press från omgivningen att vara vältränad. Hon tänker framför allt på män som ibland kan ha orealistiska förväntningar på en kvinnas kropp. Annat var det då hon spelade volleyboll, hon älskade att träna och spela matcher, men när hon flyttade till Cheboksary så avslutades den karriären. Det kom sig helt naturligt för henne att sluta då, hon tyckte inte att det fanns något lämpligt lag att spela i. Anna har aldrig deltagit i någon lagidrott, hon har föredragit att träna på egen hand då hon inte velat låsa sig vid bestämda tider, utan istället kunnat träna när andan fallit på, samtidigt som skolan alltid prioriterats i första hand.

Jag försöker erinra mig, om jag har dansat bolldansen med någon tjej, jag tror inte det och är osäker på vad det är för typ av dans hon menar. Anna skulle vilja göra det med mig. Hon tycker om dansen och är helt säker på att jag vill dansa den med henne, troligtvis så kommer vi göra detta i framtiden, hon tror att det kommer bli fräckt och underbart. Det är en sensuell och attraherande dans. Det ser jag fram emot!

Jag frågade om Anna och Dinara hade körkort. Anna berättade att Dinara hade planer på att ta körkort men att hon lagt de planerna på is. Anledningen till detta var att hon vid övningskörning körde in i en parkerad bil, Denis hade skämtat med henne genom att konstatera att hon inte var mogen att ta körkort. Dinara kunde inte ta detta som ett skämt, hon blev djupt besviken och valde ett ta en paus från övningskörningen, sedan dess har hon inte haft någon ambition att fortsätta. Anna vill påbörja en utbildning för att ta körkort, Sergej har dock markerat att det får vänta tills hon är klar med studierna. Han har lovat henne, att när tiden är inne så ska hon få köra hans exklusiva Mercedes. Han berättade för henne, att hon kommer att känna sig som en prinsessa som fått låna kungens bil. Anna blev mycket glad när jag berättade att jag hade körkort och egen bil. I Ryssland är det status att ha bil, cirka 30 procent utav rysslands befolkning har det, under Sovjettiden hade endast cirka 1 procent utav befolkningen bil. Anna ska få köra min bil, hoppas att hon inte hinner köra Sergejs innan.

Anna beskriver sin nuvarande situation som en flykting med utegångsförbud. Hon har flytt från sin pappas förtryck och tvingats stanna inomhus för att inte riskera att bli förgiftad. Tung smog innehållande farliga nivåer av kolmonoxid och giftpartiklar tvingar människor att stanna inomhus. Hon trodde att tunnelbanan var en fristad, men även där sipprade smogen ner. Skogsbränderna runt Moskva har skapat ett katastroftillstånd.

Jag läste i Dagens nyheter att enligt experter så var föroreningarna fyra gånger över säkerhetsnivåerna för vad som är hälsosamt. På vissa håll i staden är sikten endast 100 meter, och ankommande flygplan till Moskva har tvingats att landa så långt bort som i Ukraina. Största faran med bränderna är att hettan kan frigöra radioaktiva partiklar som sitter i träd och buskar sedan Tjernobylkatastrofen 1986. Partiklarna kan flyga iväg med elden och ett nytt förorenat område kan uppstå. Jag har läst i tidningar och sett bilder från områden som drabbats hårt av bränderna, bilder på nedbrända hus och människors kamp mot bränderna. Det berör men griper inte tag, det utspelas för långt bort och inte där Anna befinner sig. Jag förstår att hon plågas av värmen och röken, men känner en viss trygghet då bränderna befinner sig på behörigt avstånd.

2010-08-10

Jag väntar på brevet som bekräftar att Sergej blivit dömd för misshandel, ett synnerligen allvarligt brott då det begåtts inom familjesfären och att det dessutom har förekommit hot.

I går besökte Anna sjukhuset där hon träffade en läkare som ingav ett stort förtroende. Läkarundersökningen visade inte på några inre skador men ett våld som medfört rodnader och blåmärken på rygg, bål och armar. Läkaren frågade huruvida hon känner sig trygg i samvaro med sin pappa efter misshandeln. Anna berättade att hon inte haft någon kontakt med honom efter det inträffade men att han vet om att hon bor hos sin kompis Dinara. Hon berättade också att hon inte var utestängd ifrån sitt hem utan att hon har nyckel så att hon vid behov kan hämta nödvändiga tillhörigheter. Läkaren hade stor förståelse för hennes problematik, han gav henne sitt telefonnummer och försäkrade henne om att hon alltid var välkommen att kontakta honom.

Polisen har varit i kontakt med Anna angående hennes försvunna mamma. De har ett vagt spår som tyder på att hon blivit mördad. Dagarna kring försvinnandet uppmärksammade en kvinna två män som vistades i ett eldhärjat område. Männen hade en dunk med sig, vars innehåll de tömde över ett objekt som såg ut som en matta, de tände eld på objektet för att sedan lämna platsen till fots. Kvinnan kunde inte lämna något tydligt signalement på männen. Polisen fortsatte att berätta att det förekommer många överlagda mord med bränderna som en ypperlig täckmantel. Många människor har dött i bränderna beroende på att de befunnit sig på fel plats vid fel tillfälle men att det också är ett stort mörkertal då det gäller överlagda mord. Säkerligen har ryska maffian tagit tillfället i akt att rensa bland obekväma motståndare medan myndigheterna har fullt fokus på annat. Bränderna sopar igen många spår samtidigt som det är svårt att ställa människor till svars då det finns en överhängande risk för att de försvarstal om olyckliga omständigheter mycket väl kan stämma in i det kaos som råder. Personal inom polis, brand och sjukvård har fullt upp med det kaotiska läget som bränderna vållar. De blir tvungna att prioritera vilket kan innebära att brottsbekämpningen blir åsidosatt. Anna frågade polisen om de var säkra på att inte den potentiella gärningsmannen är känd av Jelena. Polisen förklarade att de inte kunde vara helt säkra, Sergej är den person som ligger närmast till hands då det gäller en tänkbar känd förövare. De hade dock inga bevis mot honom, han har alibi för tiden kring försvinnandet, och inga ytterliggare omständigheter har inkommit då det gäller hans eventuella motiv för att bli kvitt sin hustru. Det starkaste motivet till en eventuell inblandning i försvinnandet har Anna delgivit polisen då hon berättat att Jelenas relation till Sergej var besvärande.

Anna vet mycket väl att Sergej har alibi för tiden kring försvinnandet. Han var väldigt enträgen att hon skulle vara hemma då de väntade besök av Alexsey, samtidigt som Jelena utan vidare fick låna hans bil för att åka och handla mat till familjens semester. Hon vägrar tro på det vaga spår som polisen refererar till, hon tror att hennes mamma lever och risken är stor att hon behöver hjälp. Polisen fortsätter att arbeta med försvinnandet men har berättat för Anna att hon ska vara inställd på det värsta. Det har snart gått tre veckor sedan Jelena försvann och polisen har väldigt lite information att gå på.

Dinara har träffat en man, hon är väldigt hemlighetsfull och vill inte berätta vem det är. Vid två tillfällen har hon lämnat lägenheten för att träffa honom. Anna är glad för hennes skull och hoppas att han är mannen i hennes liv. När Dinara lämnar lägenheten så virar hon ett bandage för munnen och näsan, det är hälsofarligt att vara ute på grund av den giftiga röken, men vad gör man inte för kärleken?

Anna längtar efter kyla och frisk luft, hon är väldigt trött på värmen och röken som kramar Moskva till bristningsgränsen. Värmen och den täta smogen har lett till överfulla akutmottagningar och att 1 300 av stadens 1 500 bårhusplatser är upptagna av lik. Vanligtvis dör 360-380 människor om dagen i Moskva, nu dör omkring 700 människor varje dag. Det är hårda villkor på sjukhusen för både patienter och personal då temperaturen i vissa sjukhussalar överstiger 30 grader Celsius. De flesta människor som har möjlighet, väljer att lämna Moskva för att kunna komma till en mer human tillvaro.

2010-08-12

Anna var hemma igår för att hämta kläder, hon brukar passa på när inte Sergejs bil står uppbackad på uppfarten till huset. Efter att hon låst upp dörren och klivit in i farstun hörde hon röster, hon såg Dinaras skor och fick en klump i magen. Tankarna strömmade genom hennes huvud, skulle hon lämna huset eller hämta kläderna som hennes avsikt var från första början. Hon bestämde sig för det senare, på vägen till sitt rum passerade hon köket där Sergej satt vid köksbordet endast iförd kalsonger, hon hälsade på honom och berättade att hon bara skulle hämta några klädesplagg. Under köksbordet låg en svart behå och ett par svarta trosor vilka påminde om Dinaras sexiga underkläder, dem som Anna varit med och valt ut när de var och handlade tillsammans några dagar tidigare. Anna samlade ihop sina klädesplagg i en medhavd bag, på tillbakavägen observerade hon att Sergej inte syntes till i köket och att behån och trosorna var borta. Dinaras skor var likaså borta. Den här händelsen har malt i hennes huvud, tänk om skorna hon antog tillhöra Dinara i själva verket tillhör en annan kvinna, tänk om kvinnan också har samma smak då det gäller underkläder. Eller var det Dinaras skor och underkläder hon såg? Hon mår dåligt vid denna tanke.

Mycket tyder på att Sergej varit otrogen, eller räknas det som otrohet, han verkar ju ha uppfattningen att hans fru är död. Oavsett vad han har för uppfattning så känner Anna ett hat gentemot honom. Är hennes mamma inte värd mer respekt? Är det dessutom Dinara som han haft sex med? Det är en fråga som hon måste få svar på. Hon bestämde sig för att inte konfrontera Dinara, utan istället försöka att ta reda på mer fakta. När hon återvände till Dinaras lägenhet så hörde hon att duschen var igång, hon började genast må dåligt, hon ville förtränga det hon sett. När Dinara kom ut från badrummet uppträdde hon precis som vanligt, det fanns inga tecken på skam. Hon visade henne sina nyinköpta kläder, helt enligt vad Anna förväntat sig då Dinara tidigt på morgonen berättat att hon skulle handla kläder. Det började närma sig middag, de strävade efter att äta på regelbundna tider, den här veckan ansvarade Dinara för middagen. Hon beslutade att gå och handla färdiglagad mat då hon inte hade lust att lägga tid på matlagning. När hon lämnat bostaden passade Anna på att vända upp och ned på tvättkorgen för att söka efter den svarta behån och de svarta trosorna utan att hitta vad hon sökte efter.

Under middagen berättade Dinara att hon hade träffat Sergej i en klädaffär, han hade mer eller mindre tvingat henne att följa med honom hem. Anledningen var att han ville prata förtroligt med henne angående Anna. Sergej har fått information om att Jelena lever, och om Anna ändrar sin utsago angående hans misshandel av henne och drar tillbaka sin anmälan mot honom så lovar han att han ska göra sitt bästa för att hon ska få återse sin mamma i livet. Får någon annan person vetskap om dessa uppgifter så kommer hon aldrig att få träffa sin mamma igen. Anna känner sig naturligtvis pressad. Hon skulle inte kunna leva med vetskapen om att ha släckt alla förhoppningar om att kunna få återse sin mamma i livet, även om det bara fanns ett litet uns av möjlighet att hon var i livet. Skulle hon inte ändra sin utsago, så är hon rätt säker på att Sergej inte skulle dra sig för att försöka muta berörda myndigheter för att kunna åstadkomma ett ogiltigtförklarande av åtalet. Han har tidigare varit åtalad för brott, men åtalen har lagts ned på grund av att vittnesuppgifter har ändrats och att offer har ändrat sina utsagor om att brott har begåtts. Anna hymlar inte med att lagen kan köpas, det är en sann rysk tradition. Anna berättade att hon behövde ha betänketid innan hon kunde ge något besked. Dinara var tydlig med att hon var tvungen att lämna besked till henne under morgondagen. Sergej väntade ett besked senast dagen efter, hon skulle vara hans kurir. Anna frågade varför hon börjat springa ärenden åt Sergej. Dinara kunde inte säga nej då det handlade om att hjälpa hennes bästa kompis.

Dinara valde att gå till sängs tidigt. Oblyg som hon var, tillbringade hon som alltid några minuter innan sänggående genom att spankulera runt i lägenheten endast iförd ett par trosor. Anna såg blåmärken på baksidan av hennes lår och på hennes skinkor. Hon frågade spontant om mannen hon dejtar gillar hårda tag i sängen. Dinara skrattade, och sa att det var ömsesidigt.

2010-08-16

Anna har besökt sin kontaktperson på de sociala myndigheterna. Han frågade om hon genom hot blivit tvingad att ändra sin utsago. Anna berättade att hon överdrivit allvaret i händelsen och att hon fört sin pappa bakom ljuset. Blessyrerna på hennes kropp var inte orsakade av hennes pappa, utan hade orsakats av ett bråk mellan henne och en kompis. Hon förklarade att hon hade sig själv att skylla. Ingen annan skulle anklagas för hennes dumdristighet.

Dinara berättade för Anna att Sergej blev mycket glad över hennes beslut, han kände på sig att hon skulle ta sitt förnuft till fånga, det låg i generna hade han sagt. Dinara uttryckte en beundran över Sergej, hon ansåg att han var en klok far som var beredd att ställa upp för sin dotter då det som mest behövdes. Sergej har ett kontaktnät som få människor kan matcha, han känner folk inom många olika samhällsskikt, likväl aristokrater som människor som knappt får brödfödan att räcka till. Anna visste att hon var chanslös gentemot Sergej då det gällde att sniffa upp information angående Jelenas försvinnande. Hon behövde hans hjälp.

Sergej ville ha Annas nyckel som går till huset, hon kommer att få en ny. Han har kontaktat en låsfirma som ska byta ut alla lås då han tappat en nyckel och är orolig för att detta ska leda till ett inbrott. Anna menade att hon kunde behålla nyckeln tills de nya låsen blivit installerade. Dinara påpekade att det var bäst att de gjorde som Sergej sa, att det vore oklokt att ifrågasätta honom, speciellt nu när han har lovat att hjälpa till i sökandet efter Jelena. Anna gav motvilligt ifrån sig nyckeln och frågade om Dinaras dejtande fortfarande var sekretessbelagt, och fick till svar att hon var tvungen att ge sig till tåls, mannen hon träffar är inte redo att gå ut med att de har en kärleksrelation. Anna undrade om Dinara hade känslan av att mannen hon träffar kan vara en person att bygga en framtid tillsammans med, vilket fick Dinara att uttrycka ett lustfyllt ja. Anna blev lite avundsjuk men kom snabbt att tänka på mig. Hon blir tokig snart om hon inte får träffa mig, och det är ömsesidigt, mina tankar och fantasier kretsar likt elektroner kring en kärna som utgörs av mitt hjärta från Moskva.

Dinara kommer att bli borta minst ett dygn, hon ska träffa sin dejt som är en mästare på att överraska. Dinara älskar att bli uppvaktad på ett oförutsägbart sätt som gärna övergår till förförelse. Hennes dejt har förmågan att fullständigt förföra henne så att alla hämningar släpper. Hon känner sig som ett rovdjur som blir uppfostrad av ett starkare rovdjur som leker hårt med henne utan att äta upp henne. Anna blev orolig när hon hörde detta, hon vet att Dinara normalt sett är ganska hämningslös då det gäller att leva ut sin passion, att detta djuriska som hon beskriver ska skada hennes självkänsla. Anna försökte visa sin omtanke, hon berättade för Dinara att hon alltid måste värna om sin självkänsla, att hon inte låter sig påverkas till förnedrelse. Dinara förklarade att Anna själv måste uppleva lidelsen i ytterkanterna av det som anses normalt för att förstå och kunna känna den optimala njutningen i kasten mellan underläge och dominans. Anna kunde inte bemöta hennes uppfattning om lidelse och njutning, hon kunde inte sätta ord på sina känslor. Hon förklarade för mig att hon själv vill uppleva passion och ett givande och tagande i en kärleksrelation, men tror inte på ett stabilt, långvarigt förhållande om denna starka underordning ska vara drivkraften och det primära i relationen. Hon tror att det inte är hållbart i längden då det kommer att ge ett negativt avtryck i de delar av förhållandet som inte drivs av sexualitet.

När Dinara på förmiddagen lämnade lägenheten så bestämde sig Anna för att försöka koppla av, liggandes i badet med tända ljus, dryck och tilltugg vid sin sida, insjunken i minnen som påminde henne om stunder tillsammans med sin mamma. När de paddlade kanot och körde på en sten så att den började ta in vatten, hur de båda var rädda för att inte kunna ta sig iland på ett ställe där det fanns människor som kunde hjälpa. Hur deras farhågor blev besannade när de tvingades att tillbringa en natt i en främmande skog, frysandes under en gran. Morgonsolen som värmde så skönt, den spegelblanka sjön, lugnet, friden, utlämnade men ändå lyckliga. Mötet med en vilsen hund vars ägare hjälpte dem tillbaka hem till den falska tryggheten. Hur Sergej skrattade åt dem när de kom hem, hur de blev jämförda med innekatter som behövde ha koppel för att inte springa bort.

Det är nu drygt tre veckor sedan Jelena försvann, inga vänner eller arbetskamrater till Jelena vet något fortfarande om vad som kan ha hänt. Anna har börjat tvivla på om Jelena fortfarande är i livet, om Sergej talar sanning eller om han inte nöjer sig med att utöva utpressning gentemot henne, utan att han dessutom också ljuger om att han vet att Jelena är i livet. Anna försöker att lista ut vad Sergej kommer att hitta på härnäst, om han har släppt tanken på att tvinga in henne i ett äktenskap? Träffar han någon kvinna?

Efter badet bestämde sig Anna för att ta en promenad till universitetets bibliotek där hon träffade en studiekamrat som berättade att hon hade sett Dinara tillsammans med en man som påminde om Annas pappa. Hon hade sett dem på Röda Torget tidigare på förmiddagen. Anna valde att bekräfta deras samvaro genom att berätta att de hade stämt träff för att prata jobb.

På förmiddagen nästkommande dag så kom Dinara tillbaka ifrån sin dejt. Anna tog tillfället i akt och frågade Dinara vad de hade gjort på dejten. Dinara berättade att de hade ätit mat på en fin restaurang och att de därefter tillbringat många timmar på en relaxavdelning. Där hade de fått obegränsat med massage och tillgång till eget rum med bastu, jacuzzi och dryck av högsta kvalité. Hon var väldigt belåten över att ha träffat en man med livserfarenhet och med en god ekonomi. Anna frågade om lökkupolerna som toppar katedralen vid Röda Torget var synliga, och fick bekräftat av Dinara att hennes älskade aldrig skulle riskera att ta med henne ut om smogen var tät. Dinara berättade att hon var tvungen att fräscha upp sig, hennes man väntade på henne. Hon ville att Anna skulle hjälpa henne med håret och ge henne råd, vilken klänning hon skulle välja. Hennes man har höga krav på kvinnor och det passade henne då hon själv har höga krav på män. Hon berättade att hon har ett behov av att bli behandlad som en prinsessa, det ingår i deras kärleksdramaturgi. Anna skulle försöka hjälpa henne att bli den finaste prinsessa som han någonsin sett.

När Dinara var nöjd med sitt utseende kramade hon om Anna, tog hennes hand i sin och berättade för henne att hon inte bara var hennes bästa vän utan att hon också var hennes styvmamma. Hon berättade att hon var förälskad i Sergej och att det var en styrka för dem båda. Att hon och Anna skulle komma varandra ännu närmare och att hon fick bättre förutsättningar att hjälpa Anna i hennes relation till Sergej. Dinara uttryckte det som en situation som alla skulle vinna på. Hon gav Anna en puss och önskade henne en trevlig eftermiddag varpå hon lämnade lägenheten.

Dinaras dejt är Sergej, Anna rusade till toaletten, spydde och försökte duscha av sig närminnet som gav henne kraftig huvudvärk. Det här var sämsta tänkbara scenario för Anna, hon litar inte på Sergej och nu är även Dinara förlorad som vän och människa att anförtro sig till. Hon är nu helt ensam, hon beskriver sin tillvaro likt en skeppsbruten kvinna liggandes på en träbit i en ocean av vatten under en mörk himmel med blicken mot skenet i väst, som ska föra henne till den trygga famn hon såväl behöver och förtjänar. Hon tillägnade mig en dikt, skriven av Steve Forsythe

SO FAR AWAY.....
THE BEACHES OR FORESTS YOU WALK

YET SO CLOSE.....
ALWAYS IN MY HEART
SO FAR AWAY

I CANNOT TOUCH YOUR HAND
I CANNOT FEEL YOUR BREATH
I CANNOT HOLD YOU CLOSE

YET SO CLOSE
I CAN FEEL YOU IN MY HEART
I CAN SEE YOU IN MY MIND
I HEAR YOU IN MY EARS

YOU CAN BE SO FAR AWAY
YOU CAN BE ON THE OTHER SIDE OF THE WORLD

BUT AS LONG AS I KNOW OF YOUR LOVE…..
AS LONG AS I HAVE YOUR DEVOTED EMAILS
YOU WILL ALWAYS BE CLOSE

FOR,
AS SURE AS THE SUN RISES
AND THE TIDES WILL CHANGE
I WILL ALWAYS HAVE YOUR LOVE
AN YOU WILL ALWAYS BE CLOSE TO MY HEART

Hon hoppas att jag tycker om dikten, när hon tänker på den så tänker hon på mig.
   Jag tycker verkligen om dikten, jag hoppas att den kan skänka oss gemen-
   samma krafter som kan hjälpa till att föra henne ut från den plågsamma
   tillvaro hon just nu befinner sig i.

Anna hymlar inte med att det finns en mörk baksida då det gäller kärleksmöten i den
virtuella världen. Det har växt fram en kultur i Ryssland där kvinnor tjänar pengar
genom falska kärlekslöften till män från andra länder. Olga som Dinara blev kom-
pis med under tiden som hon bodde i Cheboksary lärde Dinara konsten att skriva
retoriskt skickliga kärleksbrev. Männen är ofta kärlekskranka och drömmer om en
annan tillvaro som är präglad av kärlek och respekt. Ryska äktenskaps agenturer som
arbetar för dejtingsajter hjälper kvinnor att få kontakt med utländska män. Männen

som blir kontaktade är inte sällan medlemmar i olika dejtingsajter i sina hemländer, det ter sig ofta naturligt för dem att börja kommunicera med kvinnor som söker kontakt, även om de kommer ifrån Ryssland. Kvinnorna har ofta ett fördelaktigt yttre och uttrycker en längtan efter att få komma till en bättre tillvaro. Männen får ofta en sorts behjärtats värt epitet av att vara prinsar till sin natur som har i uppdrag att frigöra den vackra prinsessan från det förtryck hon upplever i sitt hemland. De vävs in i en skicklig indoktrinering som får deras känsloliv att svalla, ofta känner de ett inre kall som driver dem allt längre in i ett spel som i sin avslutningsfas kräver en ekonomisk insats som är svår att inte betala då det avgörande ögonblicket för ett fysiskt möte börjar närma sig.

Transfereringar av pengar sker via banker där pengarna går mellan en avsändare och en mottagare utan att kontonummer redovisas. Uppgifter som avsändaren behöver veta om mottagaren är för- och efternamn samt till vilket land och ort pengarna ska skickas. I samband med överföringen får avsändaren ett money-transfer-control-number som avsändaren skickar till mottagaren. Med hjälp av detta nummer och legitimation kan mottagaren hämta ut pengarna hos en bank som tillhandahåller denna service. Transfereringarna sker ofta via banken Western Union eller växelkontoret Forex som erbjuder tjänsten MoneyGram. Mottagaren hänvisar ofta till en kurir som ska hämta ut pengarna då skälet till detta ofta är att det är allt för farligt att på egen hand hämta ut pengarna. Risken att bli rånad är överhängande för en kvinna som inte är van att utföra sådana uppdrag. När en man inser att han blivit utsatt för ett bedrägeri är det praktiskt taget omöjligt att få pengarna tillbaka. Ambassader i Ryssland har inte tid att hjälpa till med poli-sanmälningar och det är nära på lönlöst att göra en polisanmälan till ryska polisen då dessa ärenden har låg prioritet. Bestämmer sig en bedragen man för att söka upp en rysk kvinna så är det mycket svårt att få hennes namn, födelseuppgifter och adress verifierad. Personuppgiftslagen i Ryssland är mycket strikt. Personliga uppgifter lämnas endast ut till polis och domstolar då det föreligger att ett brott av allvarligare karaktär har begåtts.

Anna berättade att hon skäms över att ha varit kompis med en scammer, en person som ägnar sig åt bedrägerier, hur Dinara finansierat stora delar av sitt liv genom att gräva med smutsiga händer i människors hjärtan, skapat infektioner som i bästa fall läkt till påminnande ärr. Hon har också svärtat ner den kristna tron, utgett sig för att älska Gud, en sann kristen som regelbundet besökt den rysk ortodoxa kyrkan. Hur hon beskriver i sina brev att hon älskar att höra prästen sjunga, det får hennes själ att må bra. Att hennes kyrkobesök är en lisa för själen. Essensen i breven som hon sänder till sina beundrare ska ge en känsla av att de är sanktionerade av Gud. Hon uttrycker en längtan efter att få uppleva nya kulturer, att få möjligheten att utöka sina referensramar. Hon har varit i kontakt med en präst som rekommenderat henne att prova sina vingar, att hon ska följa sitt hjärta. Prästen berättade för henne, att hennes längtan också var Guds längtan, Gud skulle vara henne nära i hennes resa mot kärleken. Det här inger ett förtroende hos hennes beundrare, en kvinna som lever enligt guds lära borde vara en ärlig kvinna som vill sina medmänniskor väl.

Anna har fått tagit del av många brevväxlingar som Dinara haft med utländska män. Syftet med hennes öppenhet har varit att Anna själv skulle få idéer om hur hon skulle kunna utforma sitt fiktiva liv för att kunna tjäna pengar genom falska kärlekslöften. Anna erkänner för mig att hon själv såg möjligheter att tjäna pengar som hon och hennes mamma skulle använda för att kunna komma bort från Sergej. Hon vet att hennes mamma aldrig skulle acceptera att hennes dotter ägnade sig åt denna typ av verksamhet. Hon skulle dra en vit lögn genom att säga till sin mamma att hon vunnit pengar på spel, det var ju en kärleksfull tanke bakom hela idén. Från början var det meningen att hon skulle prova sitt kärleksexperiment på mig, men hon kände tidigt att det inte var ett experiment med syfte att tjäna pengar utan en kontakt som byggde på tillit och som kunde vara hennes väg ut ur det inferno som råder i hennes liv. Hon uppskattar att drygt hälften av alla kontakter som ryska kvinnor har med utländska män handlar om att tjäna pengar. Det är mycket viktigt att inte glömma bort att en betydande del av de kontaktsökande kvinnorna verkligen menar allvar i sin strävan efter att träffa en livspartner.

Jag frågade Anna om hon kunde skicka en bild på Dinara och berätta om hur det går till när hon bedrar en man. Anna berättade utförligt om när Dinara samarbetade med andra personer inom ett nätverk. Under några veckor i maj och juni 2010 besökte hon Cheboksary för att hälsa på Denis. Under dessa veckor genomförde nätverket ett lyckosamt massutskick av brev till utvalda män. Många av de män som svarade på detta massutskick fick förtroende för Dinara och valde senare att betala för att få möjlighet att träffa henne.

Jag har förståelse för att män faller som käglor för Dinaras utseende, bilden som Anna skickade var en närbild på hennes ansikte, hon är verkligen förförande vacker.

Samuel, du kommer nu att få ta del av, steg för steg hur det går till när Dinara får kontakt med en man fram tills dess att hennes behov har blivit tillgodosett. När Dinara får kontakt med en man, så uttrycker hon att hon är överraskad att mannen svarade på hennes brev. Hon hoppas att också mannen blev överraskad när han fick brevet av henne. Hon berättar att hon beslutat att skriva beroende på en övertygelse hon fått av sin väninna Olga, som har träffat en man via Internet, Scott från Australien, de är väldigt lyckliga tillsammans. Dinara har också beslutat att träffa en man från ett annat land. Hon berättar att hon varit tillsammans med en man i sin hemstad Cheboksary. Förhållandet var inte hälsosamt då hon varit en av flera kvinnor i hans liv. Hon berättar också att han tyckte om att dricka mycket alkohol, vilket hon själv tar avstånd ifrån. Hon ser sitt ställningstagande som enkelt, hon har själv inga skadliga levnadsvanor och vill indirekt inte utsättas för någons annans dåliga leverne.

Olga har berättat för Dinara att män från andra länder, speciellt från Australien, USA och västra Europa är mycket bra män, de har förmågan att uppskatta och respektera kvinnor som lika betydelsefulla som de själva.

Dinara berättar hur gammal hon är, vilket år, månad och dag hon är född. Hon vill också ha reda på mannens födelseuppgifter. Hon fortsätter att berätta att hon till sin nationalitet är en vit rysk kvinna, kristen konformist som tror på Gud och Jesus, att hon aldrig har varit gift och inte heller har några barn. Hon beskriver sig som en unik kvinna, känslig, snäll, eftertänksam och har lätt för att bli överraskad. Dinaras familj och vänner tycker hon är snäll, kärleksfull, intellektuell, målmedveten och social.

Hennes hemstad Cheboksary är en beaktansvärd stad med många vackra gator och torg. Nackdelen är att det ofta är kallt, hon tycker inte om att behöva sätta på sig varma kläder, hon älskar sommaren, solsken, fågelkvitter och glada röster som hörs på gator och torg. Hon har en universitet utbildning inom medicin, efter sin examen fick hon motta ett diplom inom ett specialområde "Storage of the Book and Audit" kunskap i en form av datalagring av böcker och räkenskaper. Tyvärr så var det mycket svårt för henne att få ett arbete inom den smala sektor som hon var utbildad för. I väntan på ett arbete inom sin utbildning så började hon arbeta på en bar som servitris. Hon har fått tillåtelse att låna chefens dator som är stationerad på baren, därifrån skriver hon och skickar sina brev till sin älskade brevkontakt.

Hon berättar att hon bor i en lägenhet tillsammans med sin familj. Hennes mamma Klara arbetar som säljare i en affär och hennes pappa Maksim arbetar som ingenjör på en fabrik. Hon har två systrar, Anna 10 år som går i grundskolan och Marina 21 år som studerar på ett universitet till advokat. Familjen lever utan några konflikter, de har en god förståelse för varandras olikheter. Dinara tror att den goda sammanhållningen beror på att deras föräldrar gav dem en god utbildning. Hon är väldigt glad och stolt över att hon och hennes syskon har så bra föräldrar. Dinara har diskuterat frågan om att träffa en utländsk man med sina föräldrar. De stödjer hennes beslut då de själva tror att det kan vara det rätta, de är väldigt måna om hennes framtid och inser vikten av att hon träffar en man med en tryggad ekonomi och med ett stort hjärta.

Dinara uttrycker en nyfikenhet att få reda på information om den man hon brev-växlar med. Hon undrar vad han arbetar med, vad han ägnar sin fritid åt, om han kan berätta om sin familj och beskriva vad han tycker är bra med sitt land och den stad han bor i. Hon vill också ha reda på om han är nöjd med den bild hon skickade på sig själv. På sin fritid umgås hon ofta med sina väninnor, de tycker om att vistas i Cheboksary city, tillbringa tid på café, dricka te och prata om livet. Hennes bästa vä-ninna är Olga, de arbetar på samma bar, hon är som en biologisk syster för henne.

Olga och Scott är väldigt kära i varandra, deras förhållande utstrålar värme och lycka. Dinara berättar om en olycklig händelse som hände i början av deras rela-tion där Scott ville visa sin kärlek till Olga genom att skicka en vacker gåva från Australien till Cheboksary via ett post kontor. Gåvan var en vit dress, det sorgliga var att Olga aldrig fick möjlighet att ta emot gåvan, den hade av någon oförklarlig omständighet kommit bort. Det var väldigt retsamt för Scott, och Olga blev väldigt ledsen. Dinara ber mannen hon brevväxlar med att aldrig skicka gåvor till henne via posten i Cheboksary. Hon uttrycker en skam över att de i Ryssland har människor som är benägna att stjäla kunders postförsändelser. Hon vill inte att hon och sin älskade ska drabbas av samma öde som Olga och Scott.

Dinara är väldigt mån om att hon och sin älskade inte får tappa kontakten, för att vara på den säkra sidan så lämnar hon ut sitt fullständiga namn och sin hemadress. Om hennes chefs dator skulle gå sönder eller om hon inte får fortsätta att använda datorn så har de möjlighet att skicka handskrivna brev till varandra. Hon ber sin älskade att skriva upp hennes namn och adress på ett papper, skulle det hända något så är det en trygghet för henne om han vet var hon bor. Hon ber också att få hans fullständiga namn, adress och telefonnummer. Tyvärr så har hennes familj ingen telefon, det är väldigt dyrt att installera telefoner i Cheboksary, men hennes pappa hoppas att de ska få råd med det i framtiden. Hon längtar efter att få höra sin älskades röst och hoppas att det inte ska dröja så länge innan det kan bli verklighet.

Hon har berättat för några arbetskamrater att hon fått chefens tillåtelse att låna hans dator för att skicka brev till sin älskade. Arbetskamraterna är glada för hennes skull, de tycker det är fantastiskt att det går att etablera en kärleksrelation via Internet med en man från ett annat land. De är intresserade av att få kunskaper om landets kultur och vill skicka en hälsning till hennes brevkontakt. En arbetskamrat frågade om hon har fått någon gåva, hon berättade att det inte var viktigt för henne, utan det som var viktigt var alla kärleksfulla brev som hon får.

Olga och Scott har bestämt sig för att bosätta sig permanent i Australien och hoppas att Dinara och hennes älskade kommer att kunna besöka dem. Dinara uttrycker en längtan över att få åka till Australien för att besöka sin bästa väninna. Hon har aldrig varit utomlands och undrar om sin älskade är en berest man. Hon har kommit till ett stadium där hon avslutar sina brev genom att ge varma kyssar. Mannen hon brevväxlar med uppskattar att han blir benämnd som hennes älskling och börjar ge allt fler komplimanger.

Dinara skickar vackra bilder på sig själv, på en bild poserar hon i en balklänning, på en annan bild är hennes vackra ansikte fixerat i en närbild, hon har ett ansikte som passar i de flesta modemagasin. Hon börjar uttrycka en stark åtrå att få träffa sin man utanför webben, hon upplever en varm känsla inombords när hon läser hans brev och känner att det är dags att ta nästa steg i deras kärleksrelation. Hennes mantra till honom lyder, mitt hjärta! Vår tid är inne, låt våra gemensamma krafter förenas till en strävan efter fysisk närvaro.

Nästan alla kollegor på baren uppskattar att hon träffat en utländsk man, hon får ofta positiva kommentarer och frågor från kollegor som själva blivit intresserade av att prova lyckan på nätet. Det finns dock en kvinna som beter sig väldigt illa gentemot henne, hon heter Kristina och är 54 år. Hon skvallrar om att Dinara inte är en anständig kvinna beroende på att hon har sökt en man via Internet. Hon menar att det ska gå till på samma sätt som det gjorde då Ryssland var Sovjetunionen. Då var det männen som uppvaktade kvinnorna, det var äkta kärlek. Att det nuförtiden är vanligt att kvinnor uppvaktar män, tycker hon är förkastligt, rent utsagt oäkta. Dinara tycker hon har fel, det spelar ingen roll vilket kön som tar det första steget, det viktigaste är att det finns en ömsedig respekt mellan personerna. Kristina har ingen man, hon tycker inte att någon man förtjänar hennes uppmärksamhet. Dinara tror att det beror på att hon inte är trygg i sig själv och tror väldigt bra om sig själv. Hennes uppfattning är att alla män är dumma, med den uppfattningen kommer det bli svårt för henne att träffa någon man.

Dinara pratar med sina föräldrar för att få deras stöd då det gäller beslutet att lämna Ryssland för ett liv utomlands med sin nya kärlek. Föräldrarna anser att hon gör rätt som vågar ta chansen som kan leda till ett rikare liv. När Olga lämnade Ryssland för att besöka Scott i Australien fick hon hjälp av sin moster, Tatyana. Hon arbetar på en resebyrå i Moskva och vet hur allt administrativt fungerar när en kvinna väljer att lämna sitt hemland för att besöka en man i utlandet. Olga ska ringa sin moster och höra om hon kan hjälpa Dinara och hennes älskade med förfarandet kring deras möte.

Dinara uttrycker sin uppskattning över alla brev hon får, de ger lugn i själen och skapar motståndskraft då tillvaron känns kaotisk. Hon har bestämt sig för att omgående besöka kyrkan, hon måste tacka Gud för att hon och hennes älskade har funnit varandra, och att de snart ska träffas.

Några dagar senare berättar Dinara att Olga försökt att nå sin moster genom att ringa till resebyrån men att hon inte var kontaktbar då hon var borta på ett möte. Hon försäkrar sin älskade om att Olga ska ringa igen. Hon berättar att hon haft svårt att sova då hon har tänkt på honom och på deras gemensamma framtid. Hon betonar att det viktigaste i en relation är kommunikation, att bristfällig kommunikation är den vanligaste orsaken till missförstånd. Hon tycker det är viktigt att hennes älskade även får ta del av det jobbiga i hennes liv och att han öppnar sig och berättar för henne om både livets glädjeämnen och det mindre glädjefyllda i hans liv.

Dinaras kollega Kristina har återigen attackerat henne. Hon tror att hennes älskling inte kommer att göra det som krävs för att ett möte ska kunna bli av. Hon menar att han ger henne vackra ord om kärlek men när det väl kommer till kritan så är han alldeles för vek för att kunna genomföra det han antyder. Hon menar att det är typiskt för män. Dinara berättar att hon har försvarat honom, hon tror inte på Kristina, inte när det gäller honom i alla fall. Inte nog med att hon har förolämpat deras relation, hon har också pratat med Ivan angående att hon får låna hans dator. Hon ljög för honom genom att berätta att hon har använt datorn under arbetstid. Ivan vet inte vem han ska tro på, eftersom han är släkt med Kristina så tycker han att det är en känslig fråga. Han råder Dinara att se sig om efter ett annat arbete då han känner till Kristinas personlighet och vill inte gå in i en konflikt med henne. Dinara berättar för Olga, Scott och sina föräldrar om samtalet med sin chef. De fattar ett gemensamt beslut där de är överens om att det bästa hon kan göra är att säga upp sig från sitt arbete och börja förbereda sig för sin avresa mot Sverige.

Dinara beslutar att själv söka information angående hennes resa till Sverige. Hon meddelar sin älskade att hon behöver ansöka om ett visum. För att kunna få ett visum beviljat behöver hon genomgå en hälsoundersökning. Hon ber honom att hjälpa henne ekonomiskt, ett visum kostar 390 euro. Han accepterar att gå henne till mötes ovetandes om att det är ett ockerpris, normalt sett kostar ett visum från Ryssland till Sverige cirka 40 euro. Hon förklarar att pengarna ska föras över till henne via tjänsten MoneyGram. Hon skickar till honom sitt fullständiga namn och uppgifter som anger till vilken ort i Ryssland pengarna ska skickas till. Hon förklarar och förtydligar hur viktigt det är att han skickar money-transfer-control-number till hennes e-postadress. Utan detta nummer är hon inte berättigad att hämta ut pengarna.

När hon mottagit pengarna skriver hon till honom för att meddela detta. Hon meddelar också att hon redan köpt flygbiljett till Moskva, hon anländer under morgondagen och ska då försöka få tid att besöka ett Internetcafé för att skriva och berätta hur resan har varit. Hon förstår att det är mycket pengar och är väldigt tacksam över att hennes älskade hjälpt till med det ekonomiska. Pengarna ligger till grund för att deras hjärtan ska få möjlighet att förenas, de utgör också ett kontrakt där han äger rätten till hennes kärlek. Dinaras föräldrar önskar dem lycka och framgång, hon ber sin älskade att ta emot deras kärlek och berättar att han nu är som en biologisk son för hennes föräldrar. Hennes mor har skrivit ett brev där hon förklarar sin kärlek till sin dotter och en vädjan till hennes man att han ska behandla henne så bra som om det vore hans egen dotter. Dinara ska översätta brevet från ryska till engelska för att sedan överlämna det till sin älskade. Hon berättar också att alla hennes väninnor hälsar dem lycka till i framtiden. Hon öppnar sig och berättar att hon älskar sin svenske man och känner en enorm lycka då hon vet att det är ömsesidigt. Hon har aldrig känt riktig lycka i samvaro med någon man tidigare, ständigt sökt efter kärleken men aldrig hittat den, bara mött besvikelse och undrat om hon någonsin ska få uppleva äkta kärlek. Men, hon vill nu inte se tillbaka på tider som varit, äntligen har hon funnit mening i sitt liv, en man från väst, har fått hennes hjärta att bulta. Utan denna nyfunna kärlek skulle hennes hjärta vara tomt för alltid. Hon berättar att hennes älskade inte ens kan fantisera hur gärna hon skulle vilja vara honom nära.

När Dinara anlänt till Moskva berättar hon att hon varit i kontakt med Olgas moster Tatyana som har ordnat ett boende åt henne, en liten lägenhet som hon kan hyra fram tills det är dags för avresa mot Sverige. Tatyana ska också hjälpa henne med alla förberedelser inför resan. Nästa dag ska hon besöka den svenska ambassaden för att ansöka om ett visum. Hon vill att hennes visum ska blir klart så fort som möjligt, det blir kostsamt att betala hyran för lägenheten om handläggningen drar ut på tiden. Hon berättar att Moskva är Rysslands centrum, att levnadsstandarden är högre än vad hon är van vid från sin egen hemstad. Moskvas tunnelbanesystem är det största och finaste i världen, hon har inte fått tillfälle att besöka tunnelbanan än men ser fram emot att få uppleva den värld som finns under Moskvas gator.

Det första hon behövde göra när hon kom till den svenska ambassaden var att fylla i en ansökan om visum. På ambassaden har de en avdelning som utreder hälsotillståndet hos den sökande där en läkare utförde olika tester av hennes hälsa. Hon blev ombedd att komma tillbaka nästa dag för att fortsätta med de rutiner som återstod i processen för att kunna bli beviljad ett visum. En viktig anledning till att hon skulle komma tillbaka till ambassaden var att det var obligatoriskt för henne att köpa två flygbiljetter och visa upp biljetterna för någon behörig personal. Den svenska ambassaden behöver vara säker på att hon har tillräckligt med finansiella medel för att kunna betala sin flygresa till Sverige och tillbaka till Ryssland. Imorgon blir hon tvungen att besöka Sheremetyevo flygplats för att köpa de flygbiljetter som krävs för att ett visum ska kunna bli beviljat. Hon har det tufft ekonomiskt, höga kostnader för mat och logi, hennes ekonomi tål inte fler stora utgifter. Hon ber sin älskade att hjälpa henne med finansieringen av biljetterna. Han förstår hennes utsatta ekonomiska läge och är beredd att hjälpa till. Ambassaden informerar henne om att biljetterna måste inhandlas i Ryssland, det är en regel som den svenska ambassaden har. Efter ett besök på Sheremetyevo flygplats meddelar hon sin älskade om aktuella priser för olika flygningar till Sverige. Hon överväger att ta det billigaste alternativet, flygbolaget KLM, det största flygbolaget erbjuder billiga biljetter att köpa för destination Stockholm Arlanda flygplats. En biljett kostar 400 euro, inte så dyrt i jämförelse med 980 euro för högre klass, det finns också biljetter för 3 500 euro men så exklusiv plats i planet är inte nödvändig. Hon har bestämt sig för de billigaste biljetterna, biljett tur och retur Moskva-Stockholm. Hon ber sin älskade att använda tjänsten MoneyGram för att överföra 800 euro till hennes mosters väninna Ekaterina. Anledningen till detta är att hon blivit varnad av sin moster att besöka banker i Moskva. Det är farligt, många tjuvar och andra kriminella håller vakt utanför banker, en ung kvinna vore ett lätt offer. Hon varskor sin älskade om att hon inte tror att han skulle acceptera att någon förgrep sig på hans älskade. Ekaterina har bott nästan hela sitt liv i Moskva och vet hur hon ska bete sig för att eliminera eventuella risker. När Ekaterina mottagit pengarna kommer hon omgående på ett säkert sätt överlämna pengarna till henne. När hon fått pengarna kommer hon att köpa flygbiljetterna för att sedan besöka den svenska ambassaden för att slutföra sina åtaganden i visumprocessen.

Dinaras man börjar bli misstänksam, han tvivlar på att de billigaste flygbiljetterna kan vara så dyra. Han besöker KLM:s webbplats och ser att det går att flyga från Moskva Sheremetyevo flygplats via Amsterdam Schiphol flygplats till Stockholm Arlanda flygplats tur och retur för cirka 400 euro. Han konfronterar henne med dessa uppgifter och ber henne att skicka en kopia av sitt pass. Han vill vara säker på att hon är den hon utger sig för att vara. Dinara förstår sin älskades oro och skickar en kopia. När han mottar kopian så känner han sig betydligt tryggare. Dinara förklarar att hon litar på sin älskade, det kan mycket väl vara så att hon fått felaktiga biljettpriser när hon besökte flygplatsen. De kommer överens om att han ska använda sig av tjänsten MoneyGram för att överföra 400 euro till Ekaterina som sedan på ett säkert sätt ska överlämna pengarna till henne.

När Dinara mottagit pengarna och är på väg att åka till flygplatsen för att köpa flygbiljetterna så berättar Tatyana att den svenska ambassaden har som krav att hon måste kunna visa upp att hon har minst 1 500 euro på sitt bankkonto eller i kontanter. Ambassaden måste ha en garanti för att hon ska kunna klara sitt uppehälle i Sverige. Dinara förklarar för sin älskade att hon behöver låna 1 500 euro av honom. När hon anländer till Sverige så ska han få tillbaka pengarna. Dinaras man blir eftertänksam och väljer att kontakta den svenska ambassaden för att höra om detta stämmer. De berättar att det vid beviljande av turistvisum krävs att kvinnan har tillräckliga medel för att klara sitt uppehälle, vilket motsvarar att hon ska ha inte mindre än 40 euro per dag under sin vistelse i Sverige. Om det är så att kvinnan ska besöka en man i Sverige så krävs det att kvinnan får en inbjudan av honom. Framgår det av inbjudan att mannen som bjudit in bekostar vistelsen så behöver inte kvinnan visa att hon har en viss summa pengar. Inbjudan är en blankett som benämns referentbilaga E Släkt/vänbesök. Han får också bekräftat att det inte finns någon med namnet Dinara som ansökt om visum.

Dinara berättar att det inte är någon idé att han skickar någon inbjudan till henne som hon ska bekräfta för att sedan lämna till den svenska ambassaden. Hon tänker åka som turist till Sverige. Hon uppskattar om han är beredd att betala för hennes

52

vistelse i Sverige men försäkrar honom om att det inte är nödvändigt att skicka en inbjudan till henne, då nästan alla avslås. Det är mycket större chans att få ett visum beviljat om hon ansöker om att turista i Sverige. Att ambassaden berättat att hon inte ansökt om visum beror på att det är kutym hos ambassaden att säga så, de vill hålla en låg profil. Det beror också på att personuppgiftslagen i Ryssland är mycket striktare än i Sverige. Invånarna i Ryssland har inga personnummer, när en rysk person fyller 14 år så får personen ett inrikespass. Det är också mycket svårt att få reda på personliga uppgifter om ryska medborgare då det inte finns några offentliga databaser att söka i efter personuppgifter. Endast polis och domstolar kan få tillgång till dessa uppgifter. Dinara försäkrar sin älskade om att hon har ansökt om visum. Hon berättar att Tatyana erbjudit sig att låna ut 1 500 euro så att hon kan få sitt visum beviljat, villkoret var att hon var tvungen att betala tillbaka pengarna innan hon lämnar Moskva. Hon har tackat ja till erbjudandet och köpt de flygbiljetter som hon och hennes älskade kommit överens om.

Några dagar senare skickar hon en kopia av sitt visum. Hon berättar att det svåraste hindret är undanröjt, att inga myndigheter längre kan förstöra deras dröm om att få träffas, att vägen nu ligger öppen framför deras fötter. Hon är väl medveten om att den ryska gränskontrollen inte kräver att ryssar som åker utomlands ska ha en viss summa pengar med sig eller på sitt bankkonto. Hon uttrycker dock en oro för att den svenska gränskontrollen har befogenheter att kräva av en rysk kvinna som reser in i Sverige att hon ska kunna visa upp en summa pengar eller kontoutdrag från bank med pengar för att inte bli nekad inresa i landet. Hon rekommenderar att de inte ska ta några risker, att han nu med visumet som säkerhet bör föra över 1 500 euro via MoneyGram. Skulle hon sakna dessa pengar vid en eventuell kontroll så skulle det vara förödande för deras relation. Väl i Sverige så kommer hon att återföra pengarna. Dinaras älskade förstår hennes oro, han känner en lättnad över att äntligen få träffa sin kvinna. Pengarna förs över via tjänsten MoneyGram till Ekaterina. Detta blir det sista som händer i deras kärleksrelation, Dinara slutar att svara på hans brev.

Dinaras svenske man är bedragen på 390 euro för visumet, 400 euro för flygbiljetterna och 1 500 euro som var en sorts garanti för att Dinara skulle klara sitt uppehälle i Sverige. Sammanlagt är han bedragen på 2 290 euro, vilket motsvarar cirka 21 700 svenska kronor, vilket i sin tur motsvarar cirka 5 månadslöner för en medelinkomsttagare i Ryssland.

Dinara lämnade aldrig Choboksary, med hjälp av sin affärskollega i Moskva Ekaterina lyckades hon bedra ett stort antal män från olika länder. Mannen från Sverige var bara en i mängden av kärlekskranka män som blev bedragen genom falska löften om kärlek. Det här är ett exempel som Dinara använde sig av när hon förklarade för Anna hur det går till när hon tjänar pengar. Det var konfidentiell information och fick inte under några omständigheter spridas för att komma till andra människors kännedom. Anna har nu brutit detta löfte men anser att det är berättigat då Dinara inlett en kärleksrelation med hennes pappa, ett svek som inte kan förlåtas.

Dinara har berättat för Anna att hon tjänat stora pengar genom att ingå i nätverk vars enda syfte varit att tjäna pengar genom falska kärlekslöften. Många personer inom det nätverk som hon själv är delaktig i och personer från andra nätverk betalar henne för att hon ska ställa upp som modell. Det gäller att ha bilder på vackra kvinnor för att männen ska trilla dit och därmed vara beredda att betala för att få träffa dem. Dinara är även aktiv som översättare och skribent, hon hjälper äktenskapsagenturer med att översätta brev från engelska till ryska och att skriva brev på engelska. Ofta utger hon sig för att vara någon annan, till namn men också till utseende, då hon skriver brev för egen räkning men också för andra kvinnors räkning. Hon är medveten om att hennes exponering som modell vars syfte är att sko sig på andra människors tillit, och attraktion för henne, innebär stora risker. Hon har blivit mycket mer restriktiv när det gäller att ställa upp som modell, och hon kräver riktigt bra betalt om hon ska bli fotograferad.

Nätverken består ofta av äktenskapsagenturer som arbetar för dejtingsajter, men också av enskilda kvinnor som på egen hand eller tillsammans med andra, verkar på dejtingsajter för att tjäna pengar genom falska kärlekslöften. En rysk kvinna som vill träffa en utländsk man tar ofta kontakt med en äktenskapsagentur i sin hemstad. De har i regel över 300 kvinnor i sin databas som marknadsförs på en eller flera dejtingsajter.

Dejtingsajterna tar betalt för varje brev som skickas av deras medlemmar till kvinnor inom de äktenskapsagenturer som dejtingsajterna har samarbete med. På äktenskapsagenturerna arbetar översättare som tar emot brev som skickas via dejtingsajterna till deras kvinnor. Översättarna översätter brev och skriver brev som skickas tillbaka till avsändarna som är betalande medlemmar i dejtingsajterna. Enskilda aktörer och äktenskapsagenturer som ägnar sig åt den här typen av verksamhet har ofta samarbete med resebyråer som har rätten att förmedla visum. Männen kräver ofta av kvinnorna att de ska skicka kopior av pass och visum så att de har möjligheten att försäkra sig om att kvinnorna är dem som de utger sig för att vara. Det många män glömmer är att ta reda på om de pass och visum som skickas är äkta.

Jag sökte information om ryska bluffkvinnor på webbplatsen SvD.se och hittade en intressant artikel som publicerades 21 juni 2010. Artikeln handlar om Irina Vostril-kova som lurar svenska män. Till min förvåning så är bilden på Irina Vostrilkova i själva verket en bild på Dinara. Mycket tyder på att Dinara själv haft kontakt med Mats Olofsson från Gubbängen, men utgett sig för att vara Irina Vostrilkova från Cheboksary. Exemplet som Dinara berättade för Anna, om en svensk man som blev bedragen av henne och hennes kollega Ekaterina överensstämmer med artikeln i Svenska Dagbladet som skildrar när Mats Olofsson höll på att bli bedragen av Irina Vostrilkova. Breven som Irina skriver till Mats är väldigt öppna och personliga. Hon berättar om sin gudstro, utbildning och familj. Hon försöker övertyga ho-nom om att de har goda möjligheter att bli ett par i framtiden, hon har själv egna erfarenheter av detta då hennes bästa väninna träffat sin man via brevkontakt på Internet. Irina beskriver varför hon älskar sommaren och de känslor hon hyser för Mats. Hennes kollega på baren, Kristina, ställer till med problem genom att kritisera deras relation och till sist hennes ödmjuka vädjan om pengar för att kunna ansöka om ett visum.

En liknande bild på Dinara finns på en annan artikel med titeln "De står med blom-mor och väntar" på webbplatsen SvD.se publicerad 21 juni 2010. Artikeln handlar om alla de män som besöker Arlanda flygplats i tron att de ska få möta sin kärlek vars flygbiljett de betalt. Ofta får männen vänta förgäves. Anders Ahlqvist, chef på Rikskriminalens Internetspaningsgrupp berättar att "Det är omöjligt att säga hur vanliga kärleksbedrägerierna är. Självklart är det förknippat med skam att bli lurad på det här sättet och mörkertalet är därför stort".

På webbplatsen marriageagencyscams.com finns utförlig information om hur bedragare som benämns scammers arbetar. Det finns ett utförligt persongalleri över ryska bluffar. Via länken Names A-K kan man få information och foto på Irina Vostrilkova. När jag jämför bilden på Dinara som Anna skickat till mig med bilden av Irina Vostrilkova så ser jag tydligt att Irina Vostrilkova i själva verket är Dinara. Enligt Jim som står som ansvarig för innehållet på webbplatsen marriageagencyscams.com så finns det ingen resebyrå i Ryssland som man kan vara helt säker på att det inte förekommer oegentligheter då det gäller den service som erbjuds till ryska kvinnor och utländska män vid köp av flygbiljetter och den hjälp som erbjuds vid ansökan om visum. Webbplatsen tillhandahåller listor på falska nummer som används i pass och visum. Det finns också bilder på falska pass och visum som bedragare använder. Det är svårt för en medborgare från före detta Sovjetunionen att få ett visum beviljat för att kunna besöka ett land i västra Europa, förfalskade pass och visum kan uppfattas som äkta och därmed leda till ett ökat förtroende hos de män som mottar dessa handlingar. Det går också att läsa på Jims webbplats att det finns bevis för att äktenskapsagenturer betalar för att kvinnor ska skriva brev och chatta med män. Det kan också förekomma att datingbyråer som tillhandahåller dejtingsajter utger sig för att vara resebyråer då det kan inge ett ökat förtroende. Resebyråer har ju möjligheten att förmedla flygbiljetter och visum till kvinnor som utländska män har kontakt med.

Samuel! Jag tycker att du ska läsa artiklarna om bluffkvinnor på SvD.se och besöka Jims webbplats marriageagencyscams.com, intressant läsning då det hänger samman med Dinaras smutsiga extraknäck. Det är dock viktigt att vara medveten om att webbplatser inte sällan byter namn och att information revideras.

2010-08-20

Anna mår mycket dåligt, hennes tankar far fram och tillbaka. Ska hon genomlida den tärande tillvaro som råder för att kunna gripa det halmstrå som ges i förhoppning om att kunna återse sin mamma i livet, eller ska hon lämna allt bakom sig genom att lämna landet. Hon uttrycker en ambivalens som jag har stor förståelse för. Hon känner en rädsla för att lämna landet för att starta ett nytt liv med mig i Sverige, vilken grundar sig i på vilket sätt Sergej kommer att reagera, hon befarar att hon aldrig mer kan återvända till Moskva utan att frukta för sitt liv.

Dinara är hos Sergej mestadels av tiden, hon besöker sin lägenhet väldigt sällan. Anna har fått tillåtelse att bo i lägenheten tills hennes relation med Sergej blivit bättre. På lördag klockan 15.00 är hon bjuden på middag i deras gemensamma hus. Enligt Sergej är middagen obligatorisk och han räknar därmed att Anna kommer. Anna känner ett stort obehag inför att besöka vad som har varit en kär plats men som nu inte längre känns som hemma, hon känner sig utfryst och vet inte om hon ska ogilla det eller tycka om det.

2010-08-23

Anna var punktlig, klockan 15.00 knackade hon på deras dörr och hälsades välkommen av Dinara som bar en vit klänning. Dinara lade armen kring Anna och följde henne till finrummet där Sergej mötte upp, han frågade om de ville ha en varsin drink, i väntan på att maten skulle bli klar. Anna tackade ja till en alkoholfri drink, Sergej och Dinara drack vodka. De började samtala om det kritiska läget i Ryssland till följd av alla bränder. Anna upplevde en känsla av acceptans för den givna situationen, tyckte att det kändes okej, vilket hon skämdes för efteråt. Till förrätt serverades Shchi, rysk soppa med kål som huvudingrediens och till huvudrätt serverades Pelmeni, tunn deg gjord av mjöl och ägg innehållande en blandad fyllning av lamm, fläsk och nötkött. Sergej och Dinara drack öl av märket Baltika och Anna drack vatten.

Samtalet angående det kritiska läget i Ryssland fortsatte, de kom in på samtal som handlade om vad mycket vi människor klarar av då vi blir tvungna att ta oss igenom en kaosartad tillvaro, men också hur skört livet kan vara. Efter huvudrätten serverades kaffe/te och tårta. Under tiden de åt efterrätt styrde Sergej över samtalsämnet till att handla om Jelena. Han har kontakt med Alexey Lenok som känner till den kartell som tagit Jelena som gisslan. Kartellen använder Jelena som sexslav och som stöd till unga tjejer som introduceras i arbetet med att tillfredsställa välbeställda män. Sergej försökte lugna Anna genom att berätta att hennes mamma utnyttjas sexuellt i liten utsträckning då det är en liten grupp av män som föredrar äldre kvinnor. Jelenas främsta uppgift är att fungera som ett stöd för unga tjejer som behöver en modersgestalt. Alexey har förmågan att utöva påtryckningar på kartellen som kan leda till att de släpper Jelena. Att utöva dessa påtryckningar är inte riskfritt, i gengäld kräver han att få gifta sig med Anna. Sergej uttryckte en önskan som innefattade att Anna älskar sin mamma så mycket att hon är beredd att ingå ett äktenskap med Alexey för att få henne fri.

Jelena har nu varit försvunnen i en månad, Anna undrar om det verkligen kan stämma att hon blivit utnyttjad som sexslav under denna tid? Varför valde kartellen att kidnappa just henne? Ska hon tro på vad Sergej berättat? Frågetecknen är många, Anna gav ett tydligt besked till Sergej vilket innebar att hon först och främst måste få träffa Jelena för att bli varse om hennes hälsotillstånd. Sergej skulle omgående kontakta Alexey för att framföra hennes krav, som även han tyckte var rimligt.

Känner mig rådlös! Jag tycker det är väldigt svårt att besvara Annas brev. Jag tror även det skulle vara svårt om jag vore en legitimerad psykolog, maktlösheten känns total då allt utspelas så långt bort, helt utom min kontroll. Jag har även ställt mig frågan hur jag skulle ha agerat om jag befunnit mig i Moskva, även då räcker inte mitt förstånd till. Skulle Jelena vara i livet så känns det som om Anna har att välja mellan alternativen pest eller kolera.

2010-08-25

Jelena är i livet! Anna fick inte träffa henne, men hon fick prata med henne via telefon. Jelena var fåordig, förståeligt nog då hon säkerligen var buggad. Anna fick ändå uppfattningen att hon var vid gott mod. Hon har bestämt sig för att rädda henne, från den misär hon befinner sig i, och därmed anta Alexeys krav på att gifta sig med honom. Hon ber mig vara förstående och uthållig, hon behöver mig nu, mer än någonsin. Anna ser sitt skrivande av de brev som hon sänder till mig som en lisa för själen, och hon har ett stort behov av att få sätta ord på sina känslor. Hon känner en stor trygghet i att få förmedla dessa känslor till en man som inte riskerar att bli korrumperad.

Jelena kommer att bli frisläppt på fredag morgon, men med hårda föreskrifter gällande hennes yttrandefrihet. Hon måste kontakta polisen för att berätta att hon hållit sig gömd på eget initiativ. Hennes syfte var att lämna sin familj för att börja ett nytt liv, ingen människa ska anklagas för hennes val av agerande. Hon har strikt tystnadsplikt då det gäller den verksamhet hon ingick i under de veckor då hon var efterlyst som försvunnen. Bryter hon mot de föreskrifter och den tystnadsplikt som föreskrivits kring hennes frigivande så kommer det slå mycket hårt mot henne och hennes dotter Anna.

Sergej har köpt en lägenhet till Jelena som hon ska få som en gåva av honom. Han tycker det är viktigt att hon omgående får ett eget boende och räknar med att Anna kommer att vara ett stort stöd för henne. Sergej tror själv att han inte är så uppskattad då han inlett en relation med en annan kvinna. Han försvarar trots allt sitt beslut att inleda en relation med Dinara då han var övertygad om att Jelena omkommit eller ville lämna honom då hon bara försvann utan någon som helst förvarning. Han håller med om att allt gick väldigt snabbt, men säger sig vara en känslomänniska, och kunde inte hålla igen då han blev förälskad. Ett krav från Alexey i och med frisläppandet av Jelena var att Anna omgående skulle lämna Dinaras lägenhet för att flytta till honom. Han vill få möjlighet att lära känna henne då han strävar efter ett näraförestående bröllop. Anna blir tvungen att acceptera detta, men hon understryker att hon ska göra allt vad hon kan för att förhala bröllopet. Hon ska försöka lista ut ett sätt som kan förmå Alexey att ändra sina planer.

Anna träffade Alexey första gången när hon var 15 år. De träffades i en matvaruaffär som låg i närheten av hennes bostad. Hon minns mycket väl när han kom fram till henne vid fruktdisken och bekräftade att även han gillade den sorts frukt som hon tycktes gilla. Han fortsatte med att presentera sig och berättade att han uppmärksammat att de båda bodde i samma bostadsområde. Hon blev glad för att han tog kontakt med henne och tyckte att det var en utmärkt idé då han frågade om de kunde ta sällskap hem. Hon minns att hon tyckte att han var söt och charmig, han hade något speciellt i blicken som väckte hennes nyfikenhet. På vägen hem från affären så lade han sin arm kring henne, vilket medförde att hon fick en känsla av att de var ett par. Hennes känsla skulle visa sig bli besannad då deras möte i matvaruaffären kom att bli startskottet för en intensiv kärleksrelation. Alexey visade redan då sitt stora behov av att få bestämma, Anna lät sig hunsas med. Då var hon ung och oerfaren och visste inte hur hon skulle förhålla sig till Alexey som var två år äldre och med ett långt större kontaktnät än vad hon själv hade. Det var första gången som hon fick sin kärlek besvarad av en kille som hon var intresserad av. Anna minns att de hade många fina stunder tillsammans, problemet var att deras samvaro alltid skulle planeras utifrån Alexeys agenda. Skulle hon inte acceptera att det var han som bestämde så var det lika med att förhållandet var över. Han berättade att det var många tjejer som stod på kö för att få bli tillsammans med honom. Hon fick bekräftat av vänner att han umgicks flitigt med andra tjejer. Då hon konfronterade honom med dessa uppgifter så försvarade han sig med att han inte kunde hjälpa att han hade många tjejkompisar, som mycket väl skulle kunna bli Annas framtida kompisar.

Anna hade svårt för att inte låta bli att spekulera över om Alexey varit otrogen. Hennes spekulationer om otrohet var inte omotiverade då hon av en ren slump blev varse om att hennes farhågor blivit besannade. Anna tillbringade en natt hemma hos Alexey vars föräldrar var bortresta. En helt underbar natt som fick hennes kärlek att växa sig ännu starkare. På förmiddagen nästkommande dag så skulle hon träffa Jelena på hennes arbetsplats. Hon minns mycket väl hur bra det kändes på morgonen, att de hade svårt att skiljas åt. För att de inte skulle vara borta för länge ifrån varandra så bestämde de att de skulle ses senare på dagen. Anna skyndade sig hem för att duscha och byta om till lämpliga kläder. När hon kom hem så upptäckte hon att hon saknade nyckeln till bostaden varpå hon återvände till Alexeys bostad för att se om hon glömt den där. Hon knackade aldrig på dörren utan gick rakt in i lägenheten och fick där makabert se Alexey i fullfärd med att ha sex med granntjejen. Alexey ångrade sig djupt efteråt och menade att han blivit utsatt för utpressning av granntjejen, att hon skulle sprida elaka rykten om honom om han inte ställde upp på att ha sex med henne. Alla försök att reparera den skada som skett var förgäves.

Det sista Alexey sa till Anna var att tiden skulle läka alla sår, han var säker på att de skulle hitta tillbaka till varandra, att Anna var hans drömtjej.

Sergej var medveten om att Anna haft ett förhållande med Alexey då han gjorde sin kartläggning över lämpliga män, han visste dock inte sanningen bakom separationen. Anna berättade i samband med Alexeys otrohet att deras förhållande tagit slut på grund av att de inte var kära i varandra längre. Hon skämdes över att berätta sanningen. Sergej trodde att det fanns goda möjligheter för deras kärlek att blomstra på nytt, nu när de båda blivit äldre och mer erfarna.

2010-08-30

Sergej har visat sig från sin bästa sida och tagit ansvar för att Jelena ska få det så bra som möjligt då hon återvänder hem. Hennes hem kommer dock inte vara det hus som hon bodde i tillsammans med Sergej utan istället en lägenhet med två rum och kök som Sergej skänkt till henne. Han har med hjälp av Anna möblerat lägenheten med möbler ifrån deras gemensamma bohag, men även nya möbler rekommenderade av Anna, då hon ställt höga krav på lägenhetens inredning. Det är första gången som Anna känt att Sergej respekterat och anammat hennes åsikter. Han har också visat empati för Jelenas situation och varit mån om att hon ska ha en ordnad tillvaro när hon återvänder hem. Han har bestämt utryckt att han tänker gifta sig med Dinara, det som saknas är påskrifter från honom själv och Jelena gällande godkännande av skilsmässa. Han har dock rätt att bo i huset då han själv köpt fastigheten och har skriftligt äktenskapsförord som styrker hans ensamma äganderätt.

En taxibil hämtade upp Jelena och körde henne till lägenheten. Det blev ett kärt återseende mellan mor och dotter. De kramade om varandra och torkade varandras tårar. Lägenheten föll Jelena i smaken, hon tyckte om planlösningen och de fina möblerna. Hon noterade att vissa möbler var från huset och frågade om huset var till salu. Anna berättade att Sergej blivit förälskad i Dinara och att han därmed vill skiljas. Jelena tog det hela med ro, tittade kärleksfullt på Anna och sa att hon förstod vad hon går igenom, att hon led med henne, då det gällde henne själv så upplevde hon snarare en lättnad än hat och besvikelse. Anna ville inte att Jelena skulle tycka synd om henne, hon har bestämt sig för att klara av situationen, hon ska ta tillvara all den styrka hon kan frambringa, det väntar fortsatt tuffa uppoffringar. Hon förklarade för sin mamma att hon var tvungen att gifta sig med Alexey Lenok. Jelena kände till överenskommelsen och föll i gråt, hon framförde känslor av skuld, att hon hade funderat på att ta sitt eget liv då det skulle ha förhindrat dessa fasansfulla människor från att använda sig av utpressning. Anna frågade vilka dessa fasansfulla människor som ingick i denna kartell var, och fick till svar av Jelena att hon inte ens fick uttala sig vid minsta misstanke. Att hon riskerade både sitt eget och Annas liv genom att uttala sig om den verksamhet hon tvingats att delta i och alla omständigheter kring hennes försvinnande.

Anna ville inte lämna sin mamma, hon ville bo hos henne men var tvungen att inställa sig hos Alexey. Hon berättade för sin mamma att hon var välkommen att besöka henne hemma hos Alexey, om hon ville umgås eller om hon behövde ha hjälp med något. Anna skulle försöka att komma och hälsa på igen, så snart hon fick möjlighet. Hon gav sin mamma en kram och en puss på kinden innan hon begav sig till Dinaras lägenhet. Vemodigt plockade hon ihop sina tillhörigheter, skrev en lapp där hon meddelade att hon från och med nu var anträffbar hos Alexey Lenok. Hon låste dörren, släppte nyckeln i brevinkastet och klev på bussen som transporterade henne till hans bostad.

Alexey bor i ett hus som är omgärdat av en hög mur, Anna meddelade via en porttelefon att hon var väntad. Porten öppnades och en flicka mötte upp, hon presenterade sig som Karin och hälsade Anna välkommen. Anna följde efter henne till ett rum med dubbelsäng, soffgrupp, öppen spis och kristallkrona i taket. Karin berättade att Alexey var borta för att uträtta ett ärende men att han väntades komma hem inom en timme. Anna lade sig på sängen, gäspade och sträckte ut armar och ben för att kort därpå somna. Hon vaknade av en smekning på kinden, tittandes in i Alexeys mörkbruna ögon, med ett ryck snurrade hon runt och blev sittandes på motsatt sida av sängen. Alexey gick runt sängen och satte sig bredvid henne, strök henne över ryggen och sa att det var klokt av henne att välja det enda rätta, kärleken. Han tog hennes hand i sin och bad henne följa med, Anna tvekade för att kort därpå resa sig upp och låta sig vägledas. Han visade henne husets kontor, en ny dator hade inhandlats då han räknade med att Anna skulle bli en nära medarbetare. Kontoret var indelat i tre delar, två delar utgjordes av arbetsplatser och den tredje var till för förströelse och vila. Han uttryckte med glädje sin förtjusning över att få dela kontor med sin blivande fru, Anna ansträngde sig för att ge sken av att det var ömsesidigt. Alexey var ivrig att få fortsätta visa runt Anna i hennes nya hem. Han visade två av husets gästrum, det större av de två rummen gränsade till sovrummet och var tänkt som den framtida barnkammaren. Han tittade på Anna och klargjorde för henne att de inte skulle vänta allt för länge med att sätta barn till världen, hon var trots allt redan 28 år. Han var säker på att hon trivdes bra i deras sovrum, och berättade att han tvekade inför att väcka henne då hon såg ut att sova så skönt. Ett enda stort nej värkte inom Anna, det var så svårt att uppträda som en stark och mogen kvinna när Alexey pratade som om det fanns en ömsesidig kärlek dem emellan, och som om hans framtidsplaner även var hennes. Det andra gästrummet tillhörde Karin som arbetade som hushållerska, hennes arbetsuppgifter var att städa, tvätta, handla och att laga mat. Hon skulle också vara i ständig ajour då det gällde att utföra olika typer av ärenden samt att hon alltid skulle vara serviceinriktad både mot hemfolk och mot gäster. Alexey fortsatte att visa Anna husets tredje gästrum, köket, tv-rummet och matsalen med tillhörande bar. Han avslutade med att visa en tillbyggnad av huset som inrymde en stor relaxavdelning med pool, jacuzzi, bastu och duschrum. En plats i huset som han hoppades att de skulle tillbringa mycket tid på. Källaren inrymde tvättmaskiner och en torktumlare, något som Anna inte behövde tänka på då det inte låg på hennes ansvar att tvätta. Alexey var tydlig med att berätta att han ofta var borta på jobb och visste aldrig när han var tvungen att lämna hemmet. Han var säker på att de skulle bli ett bra team, där Anna skulle arbeta från hemmet och där han skulle vara företagets ansikte utåt. Han berättade att han drev något som kan benämnas vid ett kärleksimperium, att Anna ska få arbeta med det största värdet som finns i livet, nämligen kärleken. Han pratade om sin verksamhet som ett kall, att det givetvis handlade om att tjäna pengar men att syftet främst var att hjälpa människor att få möta kärleken. Han äger två dejtingsajter som har kontrakt med flertalet äktenskapsagenturer. Annas uppgift blir att föra statistik över hur många brev som ett antal översättare översätter och besvarar. Hon ska också fungera som en mentor, en person som översättarna kan vända sig till för att få stöd och tips för att utvecklas inom sitt skrivande. Alexey ansåg att uppgiften var som klippt och skuren för Anna, då hon är trygg med det engelska språket och har lätt för att skapa förtroendefulla relationer med människor. Anna begärde att få lite betänketid innan hon kunde svara på om hon var redo att ta sig an sitt nya jobb. Alexey pussade henne på kinden och sa att han väntade sig ett positivt svar. Anna är väl medveten om vad för typ av behjärtansvärd verksamhet som han ägnar sig åt. Utifrån Dinaras redogörelse om sin verksamhet så var det inte så svårt för henne att dra parallellen att även Alexeys så kallade kärleksimperium ägnar sig åt någon liknande verksamhet fast i en större omfattning. Detta smutsiga jobb som hon blivit erbjuden kan dock ge henne möjlighet att få insyn i en verksamhet som mycket väl kan ha förbindelser med den kartell som utnyttjade hennes mamma som sexslav. Anna insåg att det bästa hon kunde göra var att ta ett studieuppehåll från sina studier på universitetet och acceptera det jobb hon blivit erbjuden. Hon kände sig tvungen att reda ut sitt privatliv först innan hon kunde ägna sina studier den tid och koncentration de krävde. Det var för mycket annat i hennes huvud som störde just nu.

Det blev kväll och dags för kvällsmat. Karin hade förberett maten, det enda Anna och Alexey behövde göra var att sätta sig till bords. Maten bestod av hembakt bröd, ett väl tilltaget fat med diverse pålägg, ägg och te. En kvällsmat med så mycket olika slags pålägg hade Anna inte ätit på länge. Hon berättade att hon accepterat det jobb hon blivit erbjuden, vilket gladde Alexey som var övertygad om att det var ett klokt val.

Anna kände sig spänd inför att dela säng med Alexey. Hon berättade för honom att hon kände sig trött och därmed beslutat att gå och lägga sig tidigt. Alexey kände sig också trött och föreslog att de skulle göra varandra sällskap. Alexey somnade nästan omgående, det var desto svårare för Anna som hade svårt att komma till ro. På förmiddagen nästkommande dag så gick Alexey igenom hur hans verksamhet var uppbyggd.

Han har kontrakt med cirka 300 äktenskapsagenturer som arbetar för två dejtingsajter. Anna ska ansvara för cirka 100 översättare som verkar inom ett flertal äktenskapsagenturer. Översättarna får motsvarande cirka 2 kronor för varje brev de översätter och besvarar, en låg ersättning, men det finns i stort sett obegränsat med brev. Det finns många ryska kvinnor som inte ens kommer upp i en månadslön på motsvarande 1 000 svenska kronor. En översättare kan komma upp i en betydligt högre månadslön.

Om en översättare har ett fördelaktigt yttre så innebär det att personen får erbjudande om att tjäna ytterligare med pengar genom att chatta med män. En tjänst där mannen som chattar får möjlighet att se kvinnan samtidigt som han har en skriftlig dialog med henne. Det här är en omtyckt tjänst som har en avgift på cirka 5 kronor per minut. Många vackra kvinnor arbetar främst på kvällar och nätter då det huvudsakligen är amerikaner som chattar. Kvinnorna får betalt per minut och kan tjäna mycket pengar genom att knyta kärleksfulla kontakter med män som är beredda att betala mycket pengar för att hålla kontakten vid liv. Männen har ett stort urval av kvinnor att välja mellan, en äktenskapsagentur har i regel över 300 kvinnor i sin databas. De två dejtingsajter som Alexey äger, samarbetar och hjälps åt att marknadsföra alla de kvinnor som är anslutna till de äktenskapsagenturer som dejtingsajterna har kontrakt med.

Dejtingsajternas inkomster vilar på tre ben. Inkomster från medlemsavgiften som ligger på cirka 400 kronor i månaden, en avgift på cirka 6 kronor för varje brev som skickas och inkomster från videochatten som kostar cirka 5 kronor per minut.

Alexey berättade att han ofta var borta på olika möten, att Anna skulle vara beredd på att det kunde vara svårt att få tag i honom då han föredrog att stänga av sin mobiltelefon. Det var viktigt att Anna var beredd att ta ansvar och att hon var självdisciplinerad då hon ofta skulle komma att arbeta ensam. Hon var dock inte helt ensam i huset då hushållerskan Karin var behjälplig om det gällde olika bestyr i hemmet. Karin hade en anställning som innebar att hon var inackorderad och skulle vara behjälplig dygnet runt.

Efter ett telefonsamtal blev Alexey väldigt stressad, och berättade att han var tvungen att lämna hemmet för att delta på ett möte. För Anna gällde det att invänta Tanja som hade fått i uppdrag av Alexey att introducera henne i arbetet. Tanja kom kort därpå till huset och släpptes in av Karin. Hon tog Anna i hand och hälsade henne välkommen som ny medarbetare i Alexeys företag. Hon var prydligt klädd i byxor och kavaj, verbal och gav genast ett professionellt intryck. Hon berättade att hon varit anställd hos Alexey i 5 år, och att hon arbetat med diverse arbetsuppgifter inom hans olika verksamheter. Nu arbetade hon som chef och mentor för en grupp av översättare som ägnade mycket tid åt att chatta med amerikanska män, som är den nationalitet av män som är flitigast med att chatta. Tidsskillnaden mellan Moskva och delstaterna i USA gjorde att arbetstiden för kvinnorna förlades till kvällar och nätter. Anna frågade hur mycket pengar i genomsnitt en amerikan lade ned på videochatt och fick till svar att hon var osäker, men det var inte ovanligt att en amerikan som ägnade sig åt att chatta lade ned mer än 10 000 dollar.

Den grupp av översättare som Anna ska handleda översätter och besvarar nästan uteslutande brev från europeiska män. Majoriteten av de kvinnor som arbetar som översättare är inte själva medlemmar på någon dejtingsajt och saknar därmed kontaktannons. Deras uppgift är att hjälpa kvinnor som får så mycket brev att de inte själva hinner med att svara inom 48 timmar som är praxis. Att breven ska besvaras inom 48 timmar är ett kvalitetskrav som Alexeys dejtingsajter har gentemot sina medlemmar. Det är inte ovanligt att en och samma kvinna får över 400 brev per dag till sin kontaktannons. Det här innebär att det är en omöjlighet för henne att utan hjälp hinna med att besvara alla brev, trots att hon får hjälp så kan det vara svårt att hinna med.

För att kunna få en bra produktivitet i verksamheten så sorterar dejtingsajten ut välskrivna kontaktannonser med kvinnor som har ett fördelaktigt yttre. Utifrån dessa kontaktannonser skickas standardiserade brev till utvalda medlemmar. Det enda som skiljer breven åt är att namnen ändrats då breven har olika mottagare. De brev som blir besvarade hanteras enligt principen att det skickas en form av standardiserade svarsbrev som tar liten hänsyn till de frågor som männen ställt till kvinnorna. Det här är ett arbetssätt som utnyttjas av dejtingsajterna för att effektivisera brevväxlingen mellan kvinnorna och männen. Bristerna med arbetssättet är dock att många män förståeligt nog blir irriterade då många av deras frågor inte blir besvarade.

En del av Annas arbete kommer att handla om att försöka komma på arbetssätt som kan höja kvaliteten och produktiviteten i den brevväxling som sker på dejtingsajten. Hon ska också skapa fiktiva kontaktannonser vars syfte är att väcka ett intresse för att bli medlem. Det är långt ifrån alla kontaktannonser som är aktiva i verklig mening, kvinnor som inte längre är medlemmar kan fortfarande vara synliga på dejtingsajten.

Databaserna uppdateras inte av förklarliga skäl, många kontaktannonser ökar trafiken på sajten. En översättare kan svara på brev som skickas till en kontaktannons vars kvinna i själva verket inte längre söker någon man.

De kvinnor som är medlemmar i någon av de cirka 300 äktenskapsagenturerna har i sitt medlemskap möjlighet att få låna dator, många kvinnor använder sig av denna möjlighet, men de flesta har tillgång till dator och Internet hemma eller hos släkt och vänner.

Anna kommer också ha kontakt med resebyråer som hjälper till med att ordna flygbiljetter och att förmedla visum. I de fall som kravet om kopior av pass och visum rör fiktiva kontaktannonser, så kan det förekomma att falska pass och visum skickas. Falska identitetshandlingar kan också skickas i andra typer av ärenden, det kan handla om att en kvinna helt enkelt inte vill lämna Ryssland för att besöka en man i utlandet. Hon kan dock inte tacka nej till möjligheten att försöka tjäna de pengar som mannen kan väntas betala för att få träffa henne. Sammantaget kan det handla om så mycket pengar som en årslön för en kvinna med låg inkomst. Bedragare har dock inga problem med att skicka äkta pass och visum då det ökar chanserna att tjäna pengar. Kostnaden för pass och visum är ganska låg, problemet är att det är svårt för en rysk kvinna att få ett visum beviljat för att besöka till exempel ett land i västra Europa.

Anna fick access till översättarnas personliga konton där hon kunde ta del av alla brev som översatts och skrivits. Det var viktigt att hon förde statistik över hur många brev som skickats och besvarats för att översättarna skulle få den lön som de var berättigade till.

Tanja förstod att det var mycket information att ta in och förstå. Hon försäkrade Anna om att hon skulle fungera som ett bollplank, någon som Anna kunde kontakta då hon var osäker på hur hon skulle agera. När Tanja hade lämnat huset granskade Anna översättarnas personliga uppgifter. De flesta var i tjugoårsåldern och förenade arbetet som översättare med studier på något universitet. Om de inte var studenter så var det vanligt att de var ensamstående mammor. Ungefär en tredjedel av översättarna hade egna kontaktannonser, de såg bra ut och deras annonser var välskrivna. Under tiden Anna satt framför datorn och studerade kvinnorna knackade det på dörren, det var Karin som meddelade att middagen var klar. Anna loggade ut och gick till köket för att äta. Hon frågade om inte Karin skulle göra henne sällskap vid middagen, vilket hon ville, hon förtydligade dock att husets regler var sådana att hon endast skulle delta vid måltider om hon blivit tillfrågad. Anna tyckte att det var ett väl gammaldags sätt att behandla hemfolk på. Dessutom ville inte Anna äta ensam, hon ville gärna äta blinier tillsammans med Karin, och hon undrade om Karin kunde berätta lite om sig själv, vad hon hade för bakgrund och hur det kom sig att hon började arbeta hemma hos Alexey. Karin blev glad över Annas intresse och berättade att hon var uppväxt i staden Kazan tillsammans med sin mamma. Hennes pappa lämnade familjen då hon var fyra år, hon har aldrig fått någon bra förklaring till varför han valde att lämna familjen. Karins mamma har berättat att hon slängde ut honom på gatan då hon ansåg att han endast ställde till med problem. Karin skulle vilja få svar på om detta verkligen stämde, hon ville gärna träffa sin pappa men hade ingen aning om hur hon skulle kunna få kontakt med honom, hon visste inte ens om han levde. Karins mamma hade sagt att det bästa hon kunde göra var att glömma honom och gå vidare i livet. När Karin var 17 år valde hon att lämna Kazan för att flytta till Moskva, hon har alltid velat bo och arbeta där. Huvudstaden har ett stort utbud av det mesta som en ung kvinna kan finna intressant, och lönerna är betydligt högre än i övriga delar av landet. Hon fick tips av en släkting att söka arbete som hushållerska. De två första åren hon var anställd hos Alexey var riktigt jobbiga, han var tillsammans med en hemsk kvinna som hette Svetlana. Hon hade en väldigt otrevlig attityd, när Alexey var borta och Karin var ensam hemma med Svetlana så blev hon alltid nedtryckt. Det spelade ingen roll hur hon betedde sig, Svetlana hittade alltid fel hos henne. En kväll när maten inte var klar på utsatt tid så utdelade Svetlana ett slag mot hennes ansikte. När hon tog upp detta med Alexey så menade han att Svetlana aldrig skulle ge henne stryk om hon inte förtjänat det. I samband med att Karin skulle säga upp sin tjänst så separerade Alexey från Svetlana. Han bad Karin om ursäkt för de gånger han betett sig illa gentemot henne och menade att han blivit förblindad av kärleken och börjat agera på det inhumana sätt som Svetlana gjort. Han ville att Karin skulle stanna kvar som hushållerska och lovade bättring. Hon accepterade hans vädjan och upplevde en klar förbättring i några månader innan han återigen började visa sina sämre sidor. Hon berättade om en händelse som satt djupa spår.

Sergej var på besök en kväll för att umgås med Alexey, ungefär en gång i månaden brukade de träffas hemma hos Alexey, vilket innebar att de drack stora mängder av öl och vodka. Kvällen började med att de åt mat och drack alkohol. Hon var deras betjänt under kvällen, vilket medförde att hon skulle ge all tänkbar service. Båda var på glatt humör, de var vänliga och väldigt generösa. Hon fick betalt för att hämta öl i kylen och Sergej berättade för henne att han skulle ha ett allvarligt samtal med Alexey, om att han var tvungen att höja hennes lön. Till en början så var hon tillfreds med situationen, hon tjänade mycket pengar och männen var trevliga, hon kände sig uppskattad. Situationen förändrades när Sergej tog tag i hennes arm och sa till henne att sätta sig i hans knä. Han ansåg att hon var förtjänt av en paus, och att hon säkerligen tyckte om att sitta i knäet på en trygg och erfaren man, som kunde ge henne råd inför framtiden. Han drog händerna genom hennes hår, och smekte hennes lår och armar, hon fick en obehaglig känsla i kroppen av att vara ägd. Senare på kvällen så ville de att hon skulle göra dem sällskap i bastun, skälet var att de var tvungna att ha med sig någon person som var nykter, i fall något skulle hända. Hon tvekade, men var rädd för att de skulle bli arga om hon sa nej, hon kände sig så otroligt liten i deras sällskap. Både Sergej och Alexey är väldigt dominanta, de älskar att utöva makt, och de visste mycket väl att hon aldrig skulle få sin röst hörd, om hon valde att vara demonstrativ. Väl i bastun, så försökte de att uppmuntra henne till att ha sex med dem. Det slutade med, att hon under svåra omständigheter med slag och sparkar lyckades lämna bastun, för att söka skydd i sitt rum. Dagen efter så bad Alexey om ursäkt, om han hade gjort något felaktigt som han inte mindes, något han alltid gjorde, dagen efter att han druckit alkohol.

Anna kände en väldig empati för Karin, och tvekade inte på att det gått till som hon hade berättat. Hon berättade att Sergej är hennes pappa, och att hon inte är förvånad över hans beteende. De kom överens om att Karin ska berätta, om hon fortsättningsvis blir illa behandlad. Anna tycker om Karin, och känner ett ansvar för henne.

> Jag upplever att Anna är en genomgod människa, och att Karin redan vid deras första möte kände detta, och därmed vågade öppna sig för henne. Jag tror att allt elände som har drabbat Anna, har fått henne att känna extra mycket för utsatta människor, och gjort henne stark nog att

ta strid mot orättvisor och förtryck. Det sägs ju att allt ont som drabbar en människa, utan att ta död på henne, gör henne starkare.

När jag tänker på rädsla som kan infinna sig i möten med främmande människor så förstår jag, det okända skapar lätt osäkerhet som kan leda till ett tillbakadragande för att slippa behöva möta det främmande. Ibland kan jag själv känna denna osäkerhet som också kan bero på bekvämlighet, då det ofta är skönt att slippa anstränga sig. Men detta bekväma förhållningssätt är troligtvis det sämre alternativet då möten kan skänka kraft och inspiration som aldrig annars får möjlighet att komma till uttryck. Varje människa är en berättelse som sannolikt blir mer läsvärd desto fler möten med främmande människor den innehåller. Jag tror att jag bör ta till mig de visdomsord som president Abraham Lincoln myntade "Främlingar är vänner som vi inte känner". Återigen till min kärlek från öst, hennes liv är långt mer intressant att spegla för dig Samuel än vad mitt liv är, men kanske kan mina tankar kring vad som sker i hennes liv skänka någon form av stoff till eftertanke.

Det hade blivit sent på kvällen, och Anna började förbereda sig för att gå till sängs. Alexey hade fortfarande inte kommit hem från sitt arbete. Anna frågade Karin om hon visste när han skulle komma hem, och fick till svar att det var väldigt sällan som Alexey berättade när han skulle komma hem. Det var inte ovanligt att han var borta på kvällar och nätter, ibland var han borta flera dygn i sträck. Anna kramade om Karin, och önskade henne en god natts sömn varpå hon själv försökte att sova, vilket visade sig vara mycket svårt, hon hade ett stort behov av att få reflektera över allt som hänt under dagen. Hon förstod varför Sergej är en god vän till Alexey, de påminner om varandra, båda älskar att utöva makt, och de drar sig inte för att sko sig på andra människors bekostnad. En sådan man ska hon nu dela säng med, hon mår dåligt av denna tanke. Hon kom att må ännu sämre då Alexey kom in i sovrummet, hon vände ryggen mot honom, och låtsades att sova. Alexey lade sig bakom henne, han ville sova i sked, han tryckte sin kropp mot hennes, och förde sitt ansikte nära hennes, och sluddrade att han tyckte det var skönt att vara hemma. Anna fick kväljningar av den fräna lukten av cigaretter och sprit, hennes obehag tilltog då hon kände hans hand smekandes över hennes lår, hon bet ihop och försökte likt den bäste skådespelare att inte ge sken av att vara medveten om vad som skedde. Han övergick till att smeka henne över stjärten, och på baksidan av hennes lår, han förde in en hand innanför hennes trosor. Anna förde sin armbåge framåt för att i nästa skeende trycka tillbaka den med full kraft. Armbågen träffade Alexeys ansikte vilket fick honom att skrika av smärta. Anna fruktade en vedergällning, som gudskelov uteblev då Alexey drog sig tillbaka till sin sida av sängen, hon kunde andas ut.

Anna vaknade tidigt på morgonen, hon kände en doft av cigaretter och sprit som fick henne att lämna rummet för att gå och duscha. Hon uppskattade verkligen att få duscha, det var ett mycket fräscht badrum med speglar i alla riktningar. Speglarna fick henne att må dåligt, hon hade magrat några kilo, förlorat de muskler som tidigare skänkt hennes figur den atletiska sexighet som hon uppskattade hos sig själv. Nu kände hon sig bara benig och osexig, hon hoppades att hennes iakttagelse var en synvilla, att hennes nuvarande pessimism framställde henne i en sämre dager än den som var verklig. Hon ändrade snabbt uppfattning, och intalade sig själv att hon var en vacker kvinna som skulle attrahera även de mest kräsna av män. Hon gick nära spegeln, och tittade granskande på sig själv, undrade om hon kunde få något slags utlåtande av spegeln. Hon ställde en undrande fråga till sin spegelbild, och ville ha svaret på hur det kom sig att just hon fick det liv som bringat så mycket elände, om hennes lott var förhandlingsbar, hon bör ju ha huvudrollen i sitt eget liv, hon krävde att få rätten att ändra på manuset till sin egen fördel. Spegeln tycktes medge ett indirekt svar, hennes inre talade vädjande till henne att aldrig ge upp, att allt skulle vändas till hennes fördel, att hon skulle få sin frihet om hon bara orkade fortsätta att kämpa. Hennes oundvikliga konfrontation med sitt eget jag fick henne att må bättre, hon fick nya krafter att fortsätta leva för en bättre framtid. Hon luktade på det vita badlakanet som hängde på en av hennes krokar, hon tyckte om lukten av nytvättat. Karin hade verkligen tänkt på henne, ordnat en plats i badrummet bara för henne med rena handdukar, och en morgonrock som var märkt med hennes namn. Hon satte på sig morgonrocken, och gick till matsalen för att läsa morgontidningen Moskovskij Komsomolech. Hon satte sig i en fåtölj och lade upp benen på en benpall, hon såg en hylla med fotografier, och gick upp från fåtöljen för att betrakta fotografierna på närmare håll. De flesta av fotografierna var på Alexey, och hans pappa, att utläsa av fotografierna så verkade det som om de hade en god relation till varandra, och att de hade upplevt mycket tillsammans. Hon drog ut en låda som fanns under hyllan där hon hittade fler fotografier av Alexey, och hans pappa. Ett kort var taget i Alexeys kök, och såg nytaget ut. Anna bestämde sig för att se om Karin var vaken, det kanske var hon som fotograferat dem. Hon hade inte träffat Alexeys pappa, och var nyfiken om Karin hade gjort det. Hon gläntade på dörren som leder ner till källaren. Hon hörde att tvättmaskinerna var igång, och valde att gå ner för att se om Karin var där. Hon satte sig på en stol bredvid Karin i tvättrummet, och frågade hur hon mådde. Karin kände sig hängig, rent av deprimerad, hon trivdes inte med tillvaron och såg ingen framtid i arbetet som hushållerska. Anna ansåg att det var naturligt att känna så, att hennes plågsamma tillvaro kunde leda till något positivt, att det kunde krävas en depression för att det skulle kunna åstadkommas en förändring som kunde leda till det bättre. Karin uppskattade Annas synsätt, hon uttryckte en tacksamhet över att ha henne i huset. Hade inte Annat flyttat in i huset så hade hon redan lämnat sin tjänst. De bestämde i samråd att Karin omgående skulle börja se sig om efter ett annat arbete, Anna lovade att vara henne behjälplig. Anna var på väg att fråga om Karin kände till Alexeys pappa då hennes blick kom att fastna på en blå stickad tröja som hängde på en krok. Hon frågade om Karin visste vems tröja det var, och fick till svar att den tillhörde en kvinna som varit på besök. Anna satte på sig tröjan, och berättade att den tillhörde hennes mamma som heter Jelena. Karin blev paff, och kunde inte förneka att det var Jelenas tröja. Karin berättade att hon kom att känna Jelena väl, och blev förvånad över att hon var Annas mamma. Hon minns alla förberedelser hon blev ombedd av Alexey att göra inför Jelenas besök, hon skulle bo hos dem på obestämd tid. Karin uttryckte en rädsla för att prata om Jelena, hon var rädd för att det hon sa skulle komma till Alexeys kännedom. Hon minns att vistelsen var omhuldad av ett stort säkerhetstänk, hon fick inte nämna för någon person att de hade en kvinna inneboende i huset. Hon undrade om Anna visste varför hennes mammas vistelse i huset var så hemlig. Anna berättade att Jelena försvann under oklara omständigheter fredagen den 23 juli. Hon fick träffa Jelena fem veckor senare, efter att Sergej och Alexey förhandlat med henne, som en mellanhand mellan henne och Jelenas kidnappare. Kravet för att Jelena skulle släppas var att hon skulle gifta sig med Alexey. Hon blev informerad av Sergej att Jelena utnyttjades som sexslav. Alexey kände till den kartell som höll henne fången, och sa sig ha förmågan att utöva påtryckningar på kartellen, så att den skulle bli tvungen att frige henne. I utbyte krävde han att få gifta sig, vilket Sergej tyckte var ett rimligt krav. Anna är väl medveten om att Sergej enbart tycker det är positivt om hon gifter sig med Alexey, då han strävar efter att få en god kontakt med Alexeys pappa, som är en mäktig affärsman med ett stort inflytande inom makteliten i Moskva. Anna frågade om Jelena hade utnyttjats som sexslav, vilket Karin svarade bestämt nej på. De hade umgåtts flitigt under hennes vistelse i huset, det handlade för Karins del om att ge den service som Jelena behövde, men också att fungera som ett sällskap för henne. Hon trivdes tillsammans med Jelena, och uppskattade hennes omtänksamhet. Hon har svårt att tro att Jelena frivilligt gått med på att bedra sin dotter. Anna är desto mer osäker, hon anser att hennes mamma behöver ha mycket goda skäl för att gå bakom ryggen på henne.

Karin kände inte till Alexeys pappa, men att fotografiet av Alexey och hans pappa mycket väl kunde vara taget under den tid som hon varit Alexeys hushållerska. En stor del av tiden under Jelenas vistelse tillbringade hon i källaren tillsammans med Jelena, och hade då liten vetskap om vilka personer som besökte huset.

2010-09-01

Dagen efter upptäckten av tröjan och samtalet med Karin som gav Anna kännedom om att hennes mamma tillbringat tiden för sitt försvinnande med att gömma sig hos Alexey besökte hon henne för att få en förklaring. Hon knackade bestämt på hennes dörr, det dröjde inte länge förrän Jelena öppnade och välkomnande henne genom att berätta att hon kände på sig att hennes dotter var i faggorna. Anna var inte lika munter vilket hon såg ganska omgående och frågade om det hade hänt något katastrofalt. Ja, svarade Anna och sa till sin mamma att sätta sig vid köksbordet. Hon synade sin mamma med en blick som fick henne att rygga tillbaka varpå hon frågade om hon trodde att alla människor kunde köpas för pengar om summan var den rätta. Hennes mamma blev blek i ansiktet och svarade att hon trodde att det mycket väl kunde vara så, hon undrade om Anna tänkte på någon speciell person i anknytning till frågan. Anna tänkte på sin mamma, om hon verkligen skulle kunna gå bakom ryggen på sin dotter. Hennes mamma tittade ut genom fönstret och uttryckte en längtan efter att få vara en fågel, att kunna ha förmågan att flyga bort ifrån en tillvaro som inte tycktes ha något annat alternativ än destruktivitet. En tillvaro som inte längre bestod utav problem utan endast av faktiska omständigheter. Anna undrade om hon såg sin vistelse hos Alexey som en faktisk omständighet, om det inte snarare var ett problem som hon kunde påverka. Tårarna började rinna ner för hennes kinder, hon höll med sin dotter om att hennes vistelse hos Alexey inte var en faktisk omständighet som var utom hennes kontroll utan att det handlade om ett problem som hon själv varit med om att skapa. Att hon tillåtit sig själv att utnyttja sin dotter i ett uppgjort spel för att kunna tillgodose Sergejs, Alexeys och inte minst sina egna intressen. Hon ångrade djupt att hon stannat kvar i ett äktenskap som successivt tärt på hennes självkänsla och självförtroende till ett tillstånd där hon ansåg själv att hon inte var värd att behandlas med värdighet och respekt. Att hon inte hade haft kraft nog att säga nej till det lukrativa erbjudande hon blivit erbjuden av Sergej. Kärleken hade förblindat henne då hon i samband med giftermålet med Sergej godkänt att alla tillgångar som han tillskansat sig före och under alla år de varit gifta blev testamenterade att endast tillhöra honom. Han hade dock gett henne en muntlig försäkran där han vid ett gemensamt beslut angående en skilsmässa skulle vara givmild och dela med sig av sina tillgångar.

När Sergej föreslog att de skulle skiljas med motiveringen att han märkt av att hon inte verkade lycklig i deras äktenskap och att han själv blivit kär i en annan kvinna så ansåg hon att han hade rätt, att en skilsmässa var det bästa för båda parter. Utan en skilsmässa i samförstånd hade det varit svårt för henne att klara sig ekonomiskt då hans vilja att dela med sig hade varit obefintlig. Han erbjöd henne en stor summa pengar som hon skulle få när skilsmässan blivit ett faktum. Det problematiska var att han hade ett krav som var tvunget att uppfyllas för att hon skulle kunna ta del av pengarna. Kravet var att hon skulle tillåta sig själv att bli satt i husarrest. Jelena erkände att hon för första gången i sitt liv inte satt sin dotter i första rummet. Enda skälet till hennes val av agerade som kunde lindra hennes ångest var att hon tänkt på Annas framtid, att hon aldrig skulle behöva bekymra sig över ekonomiska spörsmål. Det var en liten tröst för Anna som valde att säga upp bekantskapen med sin mamma. Hon lämnade lägenheten med en blandning av stolthet och ångest.

När Anna återvände till huset så hade hon ett stort behov av att få umgås med Karin, hon ville absolut inte vara ensam. Karin var på sitt rum, Anna satte sig på sängkanten och strök handen över Karins kind och frågade hur hon mådde. Karin var rädd för att hennes avslöjande om Jelena skulle komma till Alexeys eller Sergejs kännedom. Hon var säker på att de var kapabla att döda henne om de ansåg att det behövdes, i vilket fall så var hon säker på att hon skulle få rejält med stryk. Hon undrade om Anna hade berättat för någon och fick till svar av henne att hon varit och besökt Jelena för att reda ut varför hon gått bakom ryggen på henne, och att det slutade med att hon valde att säga upp sin bekantskap med henne. Karin tittade förundrat på Anna och frågade hur hon vågade, vem skulle hon nu anförtro sig till? Anna ryckte på axlarna utan att svara på frågan. Karin fortsatte att uttrycka en kraftig oro vilket fick Anna att försäkra henne om att Jelena aldrig skulle berätta, att hon tyckte om dem båda för mycket. Hon lade sig bredvid Karin, tog hennes hand i sin och berättade att hon är säker på att det kommer att gå bra för henne i livet. Att hon är en tjej med ett stort hjärta som många killar kommer att vilja lära känna. Det går inte att ogilla en trevlig tjej med stora mörka ögon som tycks ha ett obegränsat djup och en gullig näsa med en pussvänlig mun därunder. Karin log och lutade sitt huvud mot Annas axel.

På eftermiddagen kom Alexey hem med en blombukett, anledningen var att han ville visa sin uppskattning över att ha lyckan att få dela sitt liv med en underbart vacker kvinna. Anna försökte att grimasera fram ett leende. Alexey berättade glatt att han tagit ledigt från jobbet nästkommande dag för att kunna festa till små-timmarna tillsammans med sin älskade och sina vänner Sergej och Dinara. Han hoppades att Anna inte tog illa upp när han bjöd på överraskningar. Anna undrade om det fanns något speciellt skäl till att han ordnat en fest och fick till svar att det skulle stärka vänskapsbanden. Anna kände sig orolig inför festen, hon visste hur gräslig Sergej kunde vara med alkohol i kroppen och Alexey verkade ha liknande tendenser. Dinara brukade också vara välvilligt inställd till alkohol och deltog gärna själv i drickandet om än på ett mer sofistikerat sätt. Hon har hävdat att en mans överkonsumtion av alkohol inte enbart behöver vara till last för en kvinna utan kan i mångt och mycket utnyttjas för att manipulera en man. Ibland önskade Anna att hon kunde ha Dinaras livsfilosofi, att inte vara fast i en ideologi, utan istället anpassa moralen efter personliga drifter. Dinara har aldrig agerat fel i hennes tycke, utan det har alltid varit omständigheterna som har rättfärdigat hennes handlande. Tankarna strömmade genom Annas huvud, hur skulle hon förhålla sig till dessa människor? En fundamental trygghet som skänkte henne ett lugn under den bubblande ytan var att hon var nykterist. Alkoholen skulle inte kunna vara ett medel som skulle kunna påverka henne att självmant acceptera att bli införlivad i någon sorts skenbar kärleksfull gemenskap som vilade på tillit och respekt.

Klockan 19 var gästerna på plats, Anna hörde hur Alexey hälsade dem välkomna. Hon granskade sig själv noggrant i badrummets alla speglar och konstaterade att hennes svarta klänning passade henne perfekt. Hon var tacksam över att Karin tagit sig tid att hjälpa henne att få den frisyr hon eftersträvade som gav intrycket av strikthet snarare än söthet. Hon intalade sig att vad som än skulle komma att hända så skulle det gagna henne då hon inte hade något att dölja. Hon anslöt till sällskapet som satt bekvämt tillbakalutade i matsalens soffa. Dinara och Sergej reste sig upp och gav henne en kram. Dinara tyckte det skulle bli underbart att få umgås med sin kompis. Hon uttryckte en förtjusning över Annas klänning och ansåg att hon skulle platsa på filmfestivalen i Cannes. Anna tackade för komplimangen och berättade att klänningen var den finaste hon ägt. Sergej var inte sen med att påpeka att hon skulle få en hel garderob med klänningar den dagen han blev morfar, han räknade med att det inte skulle dröja allt för länge. Av egen erfarenhet så visste han att par som nyss inlett en kärleksrelation inte brukade sakna lust för sex, för att få sitt uttalande bekräftat tittade han på Dinara och försökte stämma av att detta var något som de båda var väl medvetna om. Dinara strök handen över hans lår och sa med låg röst att varje förhållande är unikt. Alexey fyllde på Sergejs glas med vodka, och erbjöd Anna och Dinara att besöka baren för att tillskansa sig det som kunde behaga damerna ifall de inte ville ha vodka. De valde att sätta sig i baren då de ansåg att deras män säkerligen föredrog att prata om sådant som de själva inte var intresserade av.

Dinara undrade hur Anna tyckte det var att arbeta med nätdejting, Anna ansåg att det var ett smutsigt arbete, så mycket mer kunde hon inte säga då hon knappt hunnit börja. Anna frågade om Dinara fortfarande ägnade sig åt att lura män på pengar, Dinara ansåg att en sådan fråga inte var förtjänt att svara på, det handlade inte om att lura män på pengar utan att ge dem en glädjefylld tid av hopp och kärlek. Männen betalar för att få leva sin dröm, om drömmen inte går i uppfyllelse så har de i alla fall blivit en erfarenhet rikare. Anna ansåg att det var ett cyniskt resonemang, Dinara kontrade med att även Anna kan instämma att kärlek är det största värdet i livet men också den svåraste livsuppgiften. Män som betalar pengar för att få träffa kvinnor tar självfallet en risk, de måste vara medvetna om att kvinnor som ska fatta det avgörande beslutet om att kliva på ett flygplan för att lämna tryggheten i sitt hemland kan få kalla fötter, och därmed välja att avsluta sin bekantskap. En människa som ger sig i kast med kärleken måste vara beredd på att bli bränd. Anna förstod mycket väl att det kan hända en massa saker under resans gång, men att det inte var människovärdigt då manuset var färdigskrivet innan föreställningen ens har börjat. Att hon inte hade rätt att behandla människor som om de vore med i en film som de själva inte fått någon förfrågan om att medverka i. Dinara tittade granskande på Anna och frågade om hon trodde på ödet. Anna tittade granskande tillbaka och svarade att endast en liten del av livet är förutbestämt, att varje människa har huvudrollen i sitt eget liv, men att det finns cyniska människor som trasar sönder andra människors liv, så att dessa människor lätt kan börja tro att de inte själva kan påverka sina liv, utan att de istället börjar tro på att allt som sker i deras liv är förutbestämt. Efter att Anna förklarat sin syn på ödet dog dialogen, de hade inget mer att säga varandra.

Dinara gick och satte sig bredvid Sergej. Anna satt kvar i baren och observerade herrarna som samtalade intensivt med varandra. Det syntes verkligen att de var bra vänner, i alla fall då de drack vodka tillsammans. Ibland började de nästan hångla med varandra, det berodde säkerligen på att de fick en gemensam kick av det samtalsämne som verkade engagera ut över det vanliga. Anna fick genast idéer på tänkbara samtalsämnen, hon var övertygad om att deras samtal handlade om makt att styra över andra människor. Den stora åldersskillnaden på drygt 25 år tycktes inte ha någon som helst betydelse får deras relation, inte för Sergej i alla fall som säkerligen fantiserade om att ha liknande samtal med Alexeys pappa. Anna hade ingen kraft att försöka vara trevlig utan bestämde sig istället för att prata med Karin. Hon knackade på hennes dörr och frågade om det var okej att komma in. Karin kände sig hängig men Anna var alltid välkommen oavsett hur hon kände sig. Anna berättade att hon var tvungen att ta en paus från umgänget, hon tyckte att det var ansträngande att umgås med människor som hon blivit sviken av. Karin förstod mycket väl hur det kan kännas, hon kramade om Anna och lovade att hon aldrig skulle svika henne. Hon undrade hur Anna kunde vara så stark trots att hennes närmaste svikit. Anna trodde att det berodde på att hon har kontakt med en man från Sverige och att hon har en underbar hushållerska. Karin blev något generad, och undrade nyfiket vem denna man från Sverige är, Anna beskrev honom som sin terapeut och framtida man. Hon uttryckte sitt stora behov av att få berätta hur det känns att leva, Pär från Sverige är den optimala människan att berätta för då hon har en känsla för att han vill henne väl och att hon är mycket lättad över att han inte riskerade att bli korrumperad.

Jag kände en stark känsla av välbehag då jag läste om min stora betydelse, det är egoistiskt, men en egoism som är sprungen ur kärlek bör vara av godo.

Karin undrade om Anna pratat med mig via telefon. Anna berättade att det inte var nödvändigt, om hon fick välja så skulle hon välja att fortsätta skriva brev, det fungerar som terapi för henne och hon tror att vår brevväxling via Internet bidrar till att vi båda öppnar oss och berättar mer om oss själva än vad vi skulle ha gjort om vi haft vår kommunikation via telefon. Att pratas vid via telefon kunde också bidra till problem, hon var rädd för att telefonsamtal mellan henne och mig skulle öka risken för att vår relation skulle komma till Alexeys kännedom.

Jag skulle vilja höra hennes röst, men något säger mig att hon har rätt, att vår kärlek har bäst förutsättning att blomstra i vår kära brevväxling.

Samuel, jag har funderat över om det fysiska mötet verkligen överträffar det som kan förmedlas i skrift. Om Anna skulle ha öppnat sig och berättat det hon har berättat för mig i sina brev lika förutsättningslöst om vi haft fysiska möten där hon fått möjlighet att öppna sitt inre. Hon litar på mig till 100 procent, det känns skrämmande, vår brevväxling är på största allvar, och den skildrar en verklighet som jag aldrig upplevt utanför webben.

Anna och Karin glömde bort tid och rum, de blev förvånade då klockan redan börjat närma sig tolv. Anna tyckte det var skönt att klockan blivit så mycket, då borde det vara okej att tacka för sig och kliva i säng. Hon kramade om Karin och önskade henne en god natts sömn varpå hon återvände till matsalen. Samtalet mellan Alexey och Sergej var fortfarande livfullt och nu var även Dinara en aktiv deltagare. Sergej hojtade till när Anna kom in i matsalen och sa till henne att göra dem sällskap då hon säkerligen kunde lära sig något om hur man lyckas i livet. Anna satte sig på en stol på behörigt avstånd för att slippa känna lukten av deras andedräkter som hon inbillade sig var outhärdliga. Ytterligare en flaska vodka var nära på urdrucken vilket skrämde henne då dessa människors nyckfullhet blev allt värre i takt med deras promillehalt. Sergej skröt bland annat om hur smart han var när han 1998 då rubeln kraschade valde att köpa fastigheter som nu är värda tio till femton gånger så mycket pengar, Alexey kontrade med hur intelligent han var då han valde att starta sina dejtingsajter. Sergej och Dinara var inte direkt pryda av sig då de slätade av varandra med en och annan tungkyss mellan varven, vilket fick Anna att tacka sällskapet för en trevlig kväll. Sergej tyckte det var lika bra att hon gick till sängs för att värma upp sängen åt Alexey, som snart skulle göra henne sällskap, hon hade ändå inte bidragit med någon glädje.

Anna hade väldigt svårt för att somna, grubblandes över hur hon skulle hantera en berusad Alexey. Hon bad till Gud att hans fylla skulle leda till att han somnade och därmed aldrig fick möjlighet att antasta henne. Sergej och Dinara fortsatte sitt hångel i gästrummet. Anna försökte med alla tänkbara medel att stänga ute allt ljud, hon intalade sig att det som skedde i rummet bredvid var fiktion. Hennes tillvaro kom att bli ännu sämre då Alexey kom in i sovrummet och lade sig tätt intill henne och uttryckte ett behov av närhet. Anna agerade kraftfullt både med sitt kroppsspråk och verbalt genom att markera att det aldrig kan bli fråga om någon närhet om han är berusad, varpå Alexey besviket lämnade sovrummet.

Ovetandes om hur lång tid som förlöpt upphörde ljuden från gästrummet och Anna kände hur trycket i hennes kropp avtog. Hon kände sig utmattad men alldeles för orolig för att kunna sova. Tankarna kom att kretsa kring Karin för att senare kopplas ihop med tankar kring Alexey som fortfarande inte kommit tillbaks. Det ryckte till i henne och hon kände hur pulsen började rusa. Hon gick genast upp ur sängen för att långsamt förflytta sig mot Karins rum. Öppnade dörren in till rummet och fick se Alexey ligga naken tätt intill Karin med sitt ena ben över hennes ben. Anna stängde dörren och skyndade till badrummet, hon satte sig på badrumsgolvet och försökte hålla tillbaka tårarna som sipprade ner för hennes kinder. Hon anklagade sig själv för den uppkomna situationen där Alexey valt att tillbringa natten hos Karin och kände en väldig ångest. Varför hade hon inte tänkt på att hennes avvisande av hans försök till sexuellt umgänge kunde bli en grogrund för honom att söka andra vägar för att få sitt behov tillgodosett? Hon kände ett enormt hat, knöt sin ena näve och slog den upprepade gånger mot badrumsgolvet. Hon insåg ganska snabbt att hennes handlande i affekt inte skulle komma Karin till gagn, hon måste använda sitt hat på ett konstruktivt sätt. Hon bestämde sig för att återvända till sovrummet för att försöka sova då hon behövde nya krafter som skulle användas för att hjälpa Karin.

Anna vaknade av att Alexey kom instapplandes för att göra henne sällskap. Han somnade ganska omgående varpå Anna tog chansen att lämna sovrummet för att prata med Karin. Hon satte sig på sängkanten och tog Karins hand i sin, berättade att hon hade sett att Alexey delat säng med henne tidigare under morgonen. Karin berättade att hon inte hade gjort något motstånd då Alexey förgripit sig på henne, hon vågade inte då han berättade för henne att det förekommer att människor försvinner utan att de hittas, om hon valde att göra motstånd så kanske hon skulle komma att tillhöra denna skara av människor. Hon hade blundat och bara låtit allt ske. Anna bemötte hennes sorg och bedrövelse med att säga att hon finns till för henne och är beredd att hjälpa henne att göra en anmälan. Karin ville inte längre ha någon som helst kontakt med Alexey. Den enda hjälpen hon ville ha av Anna var att hon skulle hjälpa henne att ordna så att hon kunde lämna sin tjänst så snabbt som möjligt, utan risk för osämja. Anna lovade att hon skulle göra vad hon kunde för att hjälpa henne. Hon stannade i rummet tills Karin somnat för att sedan gå till köket där hon träffade Dinara som berättade att hon drömt om Nya Zeeland, hur de tillsammans utforskat landet. Hon undrade om Anna fortfarande delade drömmen om att besöka Nya Zeeland. Annas dröm kvarstod, det var dock otänkbart att förverkliga den tillsammans med en person som hon inte litade på. Dinara ville ha en förklaring till varför hon inte litade på henne. Anna utryckte sin besvikelse över hur Dinara i hemlighet dejtat Sergej och att hon nu har en relation med honom. Dinara hade förståelse för att Anna kände sig sviken men försvarade sig med att kärleken är blind. Även om hon insåg att det inte var optimalt att inleda en relation med Sergej så kunde hon inte motstå hans dragningskraft. Anna undrade om det var dragningskraften efter pengar och makt som lockade, att hon nu fick möjlighet att förverkliga sin dröm om en egen klädkollektion. Dinara erkände att det inte var ovidkommande men att kärleken var det primära som avgjorde att hon fattade beslutet att inleda en relation. Hon ansåg också att fördelarna övervägde nackdelarna då det gällde vänskapen dem emellan. Att Anna ofta anklagade sin pappa för att vara en psykopat, att hennes möjligheter att påverka honom till det bättre skulle bli mycket större om hon valde att bli tillsammans med honom. Anna blev mycket provocerad över hennes syn på vänskap och klargjorde att hon borde ha förstått att ett förhållande med Sergej var det absolut sämsta tänkbara alternativet hon kunde välja om hon ville stärka deras vänskap. Förhållandet innebar att hon accepterat hans misshandel av henne och all annan kränkning han utsatt familjen för under alla år. Det brast för Anna och med gråten i halsen förklarade hon att den dagen Dinara inledde en kärleksrelation med Sergej, den dagen valde hon bort deras vänskap. Dinara ville krama om Anna för att bedyra henne om att så inte var fallet, men hennes försök till empati var förgäves, Anna lämnade köket med stor smärta och besvikelse.

Anna längtar efter en annan tillvaro, hon vill lämna Ryssland för ett liv med mig i Sverige. Det enda som håller henne kvar är att hon känner ett ansvar för Karin. Hon vill hjälpa henne att hitta en bostad och ett annat arbete innan hon känner sig redo för att lämna landet.

Jag känner rädsla för min relation med Anna, om vår relation inte skulle fungera, vad ska jag göra då? Hon kanske inte kommer att ha kvar något skyddsnät i Ryssland om hon väljer att lämna landet. Hennes mamma, Sergej och Dinara kanske inte vill veta av henne något mer om hon lämnar dem. Det skulle vara en svår situation om det hela slutade med att jag fick en kvinna på halsen som jag inte var beredd att bygga en framtid tillsammans med. Något inom mig säger att jag ska avsluta vår relation, något annat säger att jag ska fortsätta att tro på vår kärlek. Frågan är om talesättet Det är bättre att spänna en båge vars ena sträng brast än att aldrig spänna en båge är relevant för min situation eller att talesättet Att våga är att tappa fotfästet för en stund, att inte våga är att förlora sig själv är relevant för min situation. Två talesätt som jag ofta använder mig av för att peppa mig själv till ett större mod. Nu har jag fått kalla fötter till den grad att jag inte vågar tro på att dessa talesätt är kloka nog att våga följa. Samtidigt vore det svagt av mig att hoppa av då jag ställs inför prov och uppoffringar. Ett avhopp skulle inte bara innebära att jag fick min självbild som modig reviderad utan att jag också skulle bli tvungen att leva med ovissheten om vad som händer i Annas liv. Samuel, jag vet att vi har diskuterat vikten av att sätta egenskaper i relation till varandra, att vara modig får inte ske till priset av klokhet. Det är oklokt att agera i ett tillstånd av hybris, att låta känslorna ta över. Det här är ingen saga utan på riktigt, det kan inte vara en saga då det går att läsa på Internet om Dinara och hennes alter ego Irina Vostrilkova, i Svenska dagbladets arkiv över bluffkvinnor. Samuel, det känns så skönt att du ställer upp för mig och visar ditt intresse för att ta del av min brevkontakt med Anna. Jag har ett behov av att få levandegöra hennes liv och finner det meningsfullt om du kan tycka det värt mödan att ögna igenom mina brev för att kunna intyga att jag inte skrev dem förgäves.

Anna har återigen berättat för mig hur viktigt det är för henne att få skriva och skicka sina brev till mig. Hon finner ingen anledning till att utföra det arbete hon tackat ja till, då hon nu vet att hennes mammas försvinnande var en konspiration, där hon själv var högst involverad. Istället ägnar hon sin tid åt att skildra sitt liv i de brev som hon sänder till mig.

2010-09-03

Karin har bestämt sig för att återvända hem till sin mamma i Kazan, hon klarar inte av att vistas i närheten av Alexey. Hon orkar inte vänta på att de ska hitta en bostad och ett annat arbete. Hon bad Anna att få lämna sin tjänst utan Alexeys vetskap. Anna upplevde hennes besked som väldigt obehagligt, som att hon blivit hotad. Det kan också vara så att hennes upplevelser från våldtäkten är så starka att det skulle bli ohållbart för henne att vistas i närheten av Alexey. Det handlade inte om att hon skulle lämna sin tjänst om några dagar utan redan samma dag som hon lämnade sitt besked var hon fast besluten om att resa hem till Kazan. Hon var inte ens intresserad av den lön som hon är berättigad till. Anna gav henne de pengar som fanns att tillgå i huset och bad henne att skriva upp på en lapp sitt mobilnummer och telefonnummer samt adress till hennes mammas bostad. Anna är fast besluten om att Karin ska ha den lön som hon är berättigad till. Hon ska kontakta Karin för att lämna ett besked angående lön då hon haft ett allvarligt samtal med Alexey. Anna kramade om Karin och försäkrade henne om att hon har en vän som tror på henne och som är beredd att stödja henne i både medgång och motgång. När Karin lämnat huset med alla sina tillhörigheter så infann sig en stor tomhet hos Anna som var svår att sätta ord på. Hon hade blivit förtjust i Karin, och kände en form av syskonkärlek. Att hon lämnat henne så hastigt var extra betungande, de hade ju nyss lärt känna varandra. Anna ställde sig frågan hur hon skulle klara av att vistas under samma tak och dela säng med en man som märkt hennes vän för livet. Hon drogs in i en spiral av onda tankar som handlade om vedergällning, att Alexey skulle få betala för sina synder. Hur skulle hon kunna skada honom på ett sätt som uteslöt att hon själv blev misstänkt för att vara inblandad? Hon kom dock till insikten att hämnden i sig aldrig kan vara ett framgångsrikt medel för att läka de sår som uppstått. Hon landade i sin fasta övertygelse om att livet i sig självt sköter om de allmosor och straff som ska delas ut till de rättmätiga. Hon tänkte inte nedvärdera sig själv till att bli lika kärlekslös som hennes plågoandar. Hennes mamma var ett undantag, hon tillhörde inte dem, hon hade faktiskt bara svikit henne en gång, och hennes straff blev ett fråntaget moderskap. Ett av de hårdaste straff en mamma kan råka ut för. Anna längtade efter sin mamma, hon behövde henne mer än någonsin, hon ville träffa henne omgående och beslutade att genast lämna huset för att hälsa på henne.

Anna knackade på Jelenas dörr och väntade förväntansfullt med en blomsterbukett i sin hand. Hennes mamma öppnade inte, hon knackade igen, men ingen öppnade. Anna valde att vänta några minuter med att fortsätta knacka, Jelena kanske var upptagen för tillfället. Grannen öppnade sin dörr och frågade vem hon var. Efter att grannen fått klart för sig att hon var Jelenas dotter så berättade hon att Anna kunde få låna nyckeln till lägenheten. Att Jelena lämnat nyckeln till sin granne ifall hennes dotter ville träffa henne och hon inte var hemma. Anna hittade sin mamma i lägenhetens sovrum, hon såg ut att sova så skönt. Hon satte sig på en stol intill hennes säng, hon tyckte det var konstigt att hon inte kände hennes närvaro, att hon inte vaknade när hon kom in i rummet. Hon intalade sig att hon säkerligen var väldigt trött, hon skulle vara så tyst hon kunde för att inte väcka henne. Hon skulle kunna vara hos henne i många timmar, det enda som betydde något för Anna var att hennes mamma hade det bra. Hon betraktade sin mamma noggrant, tyckte att hon hade fina drag, att hon var lik sin mamma, men att det ändå kändes som om något inte stämde, det var en känsla i magen som sa att något var fel, mycket fel. Hon förde sitt ansikte nära hennes ansikte för att lyssna till hennes andetag, men hon andades inte, hon utstrålade ingen mänsklig värme eller närvaro, hon var död. Anna drog instinktivt hastigt efter andan samtidigt som hon tog ett par steg bakåt och höll på att ramla baklänges. Vågor av obehagliga tankar och känslor slog över henne i ett chockartat tillstånd. Efter detta är hennes minnesbilder otydliga.

Jag kommer aldrig att glömma dessa ord från Anna
– Min mamma är det värdefullaste jag har, utan henne så kommer det bli svårt för mig att gå vidare i livet. Hon har ju alltid funnits där för mig, alltid ställt upp och hjälpt mig ur alla svårigheter i livet, hur ska jag klara mig utan henne? Jag kan inte förstå att hon är borta. Borta för alltid. Just de orden känns så hemska: "För alltid…".

Anna har vaga minnen av vad som skedde timmarna efter att hon konstaterat att hennes mamma var död. Allt är som ett stort töcken, hon minns endast korta sekvenser från det att ambulansen kom tills att hon vaknade i sitt barndomsrum hemma hos Sergej och Dinara. Det kändes bra för henne att vakna upp i ett rum som är förknippat med trygghet och som alltid fungerat som en fristad då kaoset härjat runt omkring. Hon försökte finna en trygghet i att händelser som tärt på hennes psykiska tillstånd kanske inte utspelats i verkligheten utan i hennes drömmar. Att hon inte kunde anklaga sig själv för att vara flat då hon inte hade huvudrollen i sina drömmar.

Anna vill troligtvis skapa en mening för det som skett i hennes liv och väljer förståeligt nog att använda sig av drömmarnas inverkan för att skapa en sorts acceptans. Att i efterhand tillskriva det som skett en mening, ett behov som vi människor har. Vet av egen erfarenhet att jag själv brukar låta det som jag är nöjd med i mitt liv passera revy utan att jag lägger ned någon större tankemöda för att skapa en betydelsefull mening över att det blivit bra. När jag inte är nöjd med det som skett så försöker jag i mycket större utsträckning att tillskriva det som skett en betydelsefull mening. Vrider och vänder på realiteten, försöker att hitta tänkbara omständigheter som kan rättfärdiga det handlande som skett. Använder mig ofta av mottot att det inte finns något ont som inte för med sig något gott. Allt för att skapa mening, högst väsentligt då det som irriterar behöver ses om med läkemedlet En betydelsefull mening. Det var meningen att det skulle bli så här, det är inget jag kan styra över! För att i en annan situation fördöma ödet och ta för sig i livet med slagorden, Jag har huvudrollen i mitt liv! Att vända kappan efter vinden är tacksamt ibland och kanske en nödvändighet för att överleva, i alla fall om man går igenom det inferno som Anna går igenom.

Under min utbildning till lärare så skrev jag några rader om fantasi och realism. Att fantasi inte ska ställas emot realism, utan att de båda är beroende av varandra. Att fantasin gör realismen mer färgrik och att realismen gör fantasin mer realistisk. Realiteten står inte över fantasin, det som upplevs i drömmarna kan vara lika mycket värt som det som upplevs i realiteten.

Anna fortsatte med att berätta hur hennes starka vilja att kunna styra över vad som hänt i hennes drömmar och vad som hänt i realiteten kom på skam då hon fick beskedet av Sergej att hon var välkommen till bårhuset för att få se sin mamma.

Det är mycket som skiljer oss människor åt men att vi alla ska dö, det har vi gemensamt. När jag tänker på döden så tänker jag på den svenska filmen "Det sjunde inseglet" som innehåller en scen där riddaren Antonius Block spelad av Max von Sydow spelar ett schackparti mot döden som har kommit för att ta hans liv. Tänk, i den sista skälvande minuten om möjligheten att få spela om livets vara eller icke vara blev ett faktum, att få möjligheten till en andra chans. Det vore skönt om denna valfrihet till spel vore obligatorisk, om än de flesta önskar att denne valfrihet till spel inte är intressant då döden är en skänk från ovan. Tankar kring döden leder osökt till tankar om livet, brukar ställa mig frågan vilket liv jag vill leva och svaret kretsar ofta kring ett oberoende, att kunna ha friheten att välja själv. Att välja det som lockar och behagar då kraft och tid finns för ett förverkligande. Att inte komma till denna insikt för sent, framförallt inte då döden kommer för att bjuda upp till spel. Jag skulle bli mycket förvånad om det inte är definitivt slut på livet då spelet är avslutat och döden står som segrare.

Annas besök på bårhuset gav henne den smärtsamma bekräftelsen på att det inte var en dröm. Att hon inte hade lyckats att transformera minnen från hennes mammas död till att tillhöra drömmarna. Hon tog sin älskade mammas hand i sin, tryckte den hårt, försökte att få kontakt med henne, önskade av hela sitt hjärta att hon skulle känna hennes närhet, ta emot hennes förlåtelse. Hon kände inget gensvar, hennes död var definitiv, oåterkallelig, det fick inte vara sant. Hon hade sagt upp sin bekantskap med henne, vilket hon tagit bokstavligt, verkställt domen som åberopats. Sergej lade sin ena hand på Annas axel, försökte att trösta henne genom att säga att hennes mamma valt själv att få dö och därigenom sluppit allt lidande som ofta föregår ett dödsfall, hon hade fått en behaglig död. Anna frågade ansträngt hur han kunde veta att hon valt själv att få dö. Sergej berättade att han inte kunde vara helt säker men att polisen misstänker att så är fallet då det inte fanns någon misstanke om att ett brott har begåtts. Jelena har genomgått en obduktion som fastställt dödsorsaken överdosering av tabletter, allt tyder på att hon själv valt att ta sitt liv. Anna ifrågasatte inte vad Sergej sa utan valde istället att konstatera för sig själv och för honom att det var de anhöriga som indirekt tagit Jelenas liv, att de båda var högst delaktiga. Sergej ansåg att det var orättvist att anklaga anhöriga för hennes död, själv kände han ingen skuld för det inträffade. Han försökte trösta Anna och menade att det var högst normalt att skuldbelägga sig själv vid sådana här händelser. Trots Annas dåliga samvete så var Sergej säker på att hon kommer att gå stärkt ur det hela, att det bästa hon nu kunde göra var att lägga all sin energi på att få sin relation med Alexey att fungera. Sergej skjutsade hem henne och berättade att begravningen kommer att äga rum på måndag. Anna ansåg att det var fel att vänta så länge, det är tradition inom den ortodoxa kyrkan att kroppen kommer i jord så snart som möjligt, helst inom 24 timmar efter dödsfallet. Jelena dog under torsdagen, det skulle innebära att kroppen begravs 4 dygn efter dödsfallet. Sergej upprepade att Jelena ska begravas på måndag, det spelade ingen roll vad Anna ansåg, hon skulle vara glad över att Jelena får en Ortodox begravningsgudstjänst som inte får utföras över en person som begått självmord. Han hade ordnat så att hennes självmord föll under speciella omständigheter inom själavården.

Alexey hade skrivit ett meddelande på en lapp som låg på köksbordet, av meddelandet att utläsa så skulle han komma hem sent, han föreslog att Anna skulle övernatta hos Sergej och Dinara ifall hon kände sig ensam. Anna uppskattade meddelandet, hon tyckte det var skönt att han skulle komma hem sent då hon fick andrum och tid för eftertanke. Hon vill återgällda sin mamma för det felaktiga beslutet att säga upp sin bekantskap med henne, hon är övertygad om att hon känt en stor skuld för detta. Anna tror att hennes mamma skulle bli stolt ifall hon försökte att förverkliga mormors dröm om att starta ett bageri. Då skulle hon säkert förlåta henne. Om det finns ett liv efter döden så är hennes mamma hjärtligt välkommen att besöka bageriet för att smaka på resultatet av det hemliga receptet. Anna lyckades tända en gnista av hopp, hon bestämde sig för att genast börja med förberedelserna inför uppstarten av ett bageri.

Anna vill lämna Ryssland så fort som möjligt efter att hon fått sitt visum beviljat. Hon vill att jag ska ta reda på fakta angående hennes resa och uppehälle i Sverige. Hon vill också att jag ska berätta mer om Sverige och hur hon ska vara för att passa in i det svenska samhället.

> Jag är osäker, rädd för att jag gett mig in i en relation som jag inte har kraft nog att livnära. Anna är helt utelämnad till mig, det är tufft psykiskt att vara den enda person som hon anförtror sig till. Samtidigt som det säkert skulle kännas bra att ha hjälpt en människa till en bättre tillvaro, något kärt att bära med sig genom livet. Och tänk om det också visade sig att mitt kärleksprojekt blev en mycket god investering. Att vinsten kom att bli ömsedig kärlek och en gemensam framtid. Det som skrämmer mig är om jag får en kvinna på halsen som bringar mig stora problem och dåligt samvete. Samuel! Nu får det vara nog med mitt analyserande, känner att jag löpt linan tillräckligt långt för att inte kunna hoppa av, skulle inte kunna leva med den ovisshet som skulle råda i mitt liv om jag vände henne ryggen nu. Jag tycker att båda hon och jag förtjänar att få chansen! Imorgon ska jag börja söka efter information, det får inte finnas några tveksamheter kring hennes resa och vistelse i Sverige.

Jag har besökt webbplatsen för den svenska ambassaden i Moskva, för att få reda på information om visum och pass. Det kostar 1 500 rubel att ansöka om ett visum, vilket motsvarare cirka 375 svenska kronor och 900 rubel att ansöka om ett ryskt pass, vilket motsvarar cirka 250 svenska kronor. Det är billigt att ansöka om visum och pass, det svåra är att få visumet beviljat. Ambassaden vill ha garantier för att den sökande ska klara sitt uppehälle. Om det finns en inbjudan, där det framgår att den som bjudit in bekostar vistelsen i Sverige, behöver inte den sökande visa att hon/han har en viss summa pengar. Det här innebär att jag kommer att rekommendera Anna om att hon ska komma som en gäst till mig. Jag kommer att föreslå att hon ska ansöka om ett visum som varar i 30 dagar. Jag tror att det är klokt att begränsa besöket, hon kan maximalt stanna i 90 dagar, det är en lång tid om vi märker redan efter några dagar att vi inte trivs tillsammans. Jag har också tagit del av information som upplyst mig om att hon behöver ha en sjukförsäkring. Försäkringen ska täcka hemtransport av medicinska skäl, akut läkarhjälp och/eller brådskande sjukhusvård (upp till 30 000 euro) under resan samt den planerade vistelsen. Försäkringen kan även tecknas av den som bjuder in. Den här försäkringen borde hon ha per automatik då hon är rysk medborgare, men det är bäst att fråga henne. Det börjar närma sig ett fysiskt möte, har börjat planera och fantisera om vårt första möte......

2010-09-09

Anna känner en stor tomhet, hon har svårt att acceptera att hon aldrig mer kommer att få träffa sin mamma, hon hoppas innerligt att hon på något vis återuppstår och ger sig till känna, att hon i framtiden ska bli varse om att hennes dotter blivit en lycklig människa, då tror hon att de båda kommer att få ro i kropp och själ.

Annas förväntningar av hur begravningen skulle kännas krossades, hon stördes av Dinaras och Alexeys närvaro, hon har inte accepterat dem som anhöriga, helst hade hon velat vara helt ensam. Hon har beslutat att snart igen återvända till graven för att på egen hand få till något slags avslut. Hon kände sig bättre till mods efter att hon läst mitt brev, hon uppskattade mitt engagemang och min målmedvetenhet för att vårt möte ska kunna bli en realitet. Hon skulle vilja ansöka om ett visum som varar i 90 dagar men accepterar att jag anser att 30 dagar är tillräckligt för ett första möte. Hon menar att jag får skylla mig själv när det gått 30 dagar och jag inte kan skiljas ifrån henne.

Ingen än jag skulle bli lyckligare om det blev så, då skulle jag följa med henne till Moskva för att åka den Transibiriska järnvägen. Vi skulle upptäcka det mångskiftande landskapet, båda svettas och frysa tillsammans.

Jag berättade att jag väntar på mitt personbevis som Skatteverket ska skicka till mig. När jag mottagit beviset så ska jag skanna in samtliga dokument för att sedan skicka dem till hennes e-post adress. Vi ansåg att det vore för riskabelt att skicka dokumenten till bostadsadressen då den delas med Alexey. Anna har en sjukförsäkring men saknar ett utrikespass, hon ska besöka den Federala Migrationstjänsten i Moskva för att ansöka om ett. Alla medborgare i Ryssland får ett inrikespass då de fyller 14 år som styrker deras identitet.

Anna var väldigt intresserad av att få lära sig mer om Sverige. Jag har ju bott i Sverige i hela mitt liv, men grips ändå plötsligt av någon slags skrivkramp då jag ska beskriva landet. Räddningen blev Fredrik Lindström och hans show "Svenskar är också människor" en enmansshow där han beskriver Sverige och svenskarna. Jag såg showen tillsammans med min mamma i Karlstad på Sundsta gymnasiet. Jag försökte beskriva Sverige som Fredrik Lindström gjorde, mer sanningsenlig kan jag inte vara. Jag berättade att Sverige är ett extremt land, inte landet "Lagom" som vi svenskar tycks tro. Att vi är ett modernt och självständigt folk som utvecklat en konsumtionsstil där det är viktigt att förändra och att köpa nytt och fräscht. Att tillexempel göra om i hemmet, inte ta risken att äta livsmedel som passerat bäst före datum och att köpa det som är trendigt och inne. Att vi anpassar oss efter samhället och har högt förtroende för expertisen. Förnuftet går ofta före trots att vi i grunden är känslomänniskor. Vi undviker oftare kontakt med andra människor än vi söker kontakt, vilket kan bero på att vi är världens ensammaste land, 40 procent utav alla hem är en persons hem, de flesta länder ligger långt under 10 procent. Det bör också finnas en anledning för oss svenskar till att umgås.

Jag tror inte Anna uppskattar att den gemene svensken inte är kontaktsökande då hon skrivit till mig att det är viktigt att vi lär känna alla grannar då det ska falla sig naturligt att knacka på hos grannar för att be om bröd, ägg och andra diverse livsmedel. Själv tycker jag det skulle kännas konstigt att uppträda på det sättet, det kanske beror på att jag är svensk. Jag berättade också att vi ibland är nationalistiska och patriotiska, speciellt då Sverige vunnit något stort idrottsevenemang. Då det gäller att fira vår nationaldag så är vi betydligt mer tillbakadragna. Politiken och idrotten verkar på två skilda arenor för vad som är accepterat då det gäller att visa nationalism och patriotism. Anna blev också informerad om att det bor fler människor i Moskva än det bor i hela Sverige, trots det så är Sverige ett stort land till ytan men med få invånare som övervägande bor i de södra och mellersta delarna. Jag berättade också att det inte har någon stor betydelse lönemässigt var man bor i landet. Jag blev förvånad över att det är så stora löneskillnader i Ryssland beroende på om man bor i Moskva eller i övriga delar av landet, då medellönen i Moskva är cirka två och en halv gånger så hög.

Jag hoppas att min beskrivning, Samuel, av Sverige och av oss svenskar inte ska påverka hennes val av att besöka mig negativt. Det ska tilläggas att jag berättade att jag är värmlänning, jag förklarade att benämningen har att göra med var i landet man bor och att värmlänningar är synonymt med varma människor. Jag tycker att det fungerar bra att bo i Lindesberg och att umgås med västmanlänningar men längtar emellanåt tillbaka till *"Värmeland du sköna"*. Hoppas att du trivs bra bland norrlänningar, som stockholmare kanske det rent av är skönt att dra ner en aning på tempot, kan tänka mig att du känner av kontrasterna mellan Kiruna och Stockholm.

Anna har mottagit mina dokument! Blanketten Inbjudan-Släkt/vänbesök styrker att jag betalar för hennes flygresa tur och retur Moskva-Stockholm samt hennes uppehälle i Sverige. Det enda som fattas för att hon ska kunna ansöka om ett visum är ett utrikespass. Hon har ansökt om ett utrikespass hos den Federala Migrationstjänsten och besökt en av dess lokala avdelningar där det var obligatoriskt att visa inrikes pass, kvitto på att ansökningsavgiften har erlagts och en arbetsbok som visar vad den sökande haft för olika anställningar och studieplatser de senaste tio åren, hon blev också fotograferad.

Hon tyckte inte det var direkt upplyftande att Sverige är världens ensammaste land, å andra sidan så ansåg hon att det ligger ett ansvar på individen själv att aktivt söka kontakt med andra människor. Att vi svenskar är moderna tyckte hon var positivt då hon själv uppskattar människor som försöker hänga med i tidens förändringar. Att vi är självständiga tror hon tyder på att vi är måna om att styra över våra egna liv, hon tyckte dock att det var konstigt att vi inte var mer patriotiska, att vi inte vågade visa vår kärlek till fosterlandet då det gällde andra sammanhang än idrott. Jag tycker det är skönt att bilden av Sverige inte skrämde bort henne, att hon är fortsatt besluten att komma hit.

Anna har konfronterat Alexey angående Karins rätt att få sin lön utbetald. Alexey såg Annas påpekande som ett kraftigt övertramp, han blev vansinnig över att hon kunde vara så oförskämd att lägga sig i hans åtaganden. Han tog tag i hennes huvud med båda händerna och spände blicken i henne varpå han klargjorde att desertörer aldrig kan få något annat än stryk. Anna försvarade Karin genom att säga att han hade helt rätt, att Karin till och med hade känt att det var än värre att vara hans hushållerska än att delta i ett krig. Anna ångrade inte sitt uttalande trots att hon blev slagen av Alexey.

Jag blev väldigt upprörd då jag läste det här, men nu känner jag mig lugnare, hon är socialt kompetent även om hon är principfast min Anna, och jag måste behålla lugnet då det inte tjänar något till att brusa upp.

Jag försökte ingjuta mod i Anna då hon brottas med skuldkänslor, hon saknar sin mamma, ibland orkar hon inte stå emot utan grips av panik, och vet inte hur hon ska hantera sin situation. Det enda som driver hennes lust att leva är hoppet om att få komma till Sverige. Jag berättade för henne att hon ständigt finns i mina tankar och att även mitt hjärta slår sina slag för henne också.

2010-09-18

Det känns helt rätt att ta emot Anna, hon behöver mig och jag behöver henne. Jag har positiva känslor kring mitt beslut att prova lyckan utanför landets gränser. Hon kan mycket väl vara min själsfrände, det känns så, kan uppfattas bisarrt av andra då vi inte har träffats fysiskt, men det finns så många uppfattningar om hur saker och ting ska vara, och det enda som verkligen räknas och som verkligen är rätt, det är vad man själv tycker och tänker.

Anna har fått sitt utrikespass, igår besökte hon den svenska ambassaden för att ansöka om ett visum. Personalen var trevlig och hon fick intrycket av att hon skulle ha goda möjligheter att få ett visum beviljat. Hon undrade om jag kunde skicka pengar till henne så att hon kunde köpa flygbiljetter, hon vill vara ute i god tid och ansåg därmed att det var lika bra att vi kom överens om datum och tid för flygresa. Hon har rätt i att jag ska betala flygbiljetterna då jag intygat att jag ska stå för resekostnaderna, jag vill dock vara helt säker på att hennes visum blir beviljat innan jag skickar några pengar. Jag bad henne att hon ska skicka kopior av pass och visum, då det blivit beviljat.

Anna har besökt sin mammas grav, och känner sig bättre till mods nu.
Jag har funderat över hennes mentala tillstånd, hur jag ska förhålla mig till hennes sorg och vrede. Även om hon verkar kunna hantera vad hon genomlidit så kan det komma över henne längre fram. Av breven att utläsa så verkar hon inte vara fylld av vrede, snarare av en lust att lägga

allt bakom sig och gå vidare i livet. Behovet av upprättelse känns inte så starkt, å andra sidan så tyder brevens detaljrikedom på något annat, jag får känslan av att hon vill att hennes liv ska komma till andra människors kännedom, inte bara till min.

Annas relation med Alexey är allt mer infekterad, rodnaden från hans slag har avtagit men känslan det bådat kommer aldrig att försvinna. Ordet förlåt hade kunnat läka en del av det lilla förtroende som nu är helt bortblåst. Alexey är borta väldigt mycket, vilket Anna uppskattar, hon tycker det är välbehövligt att få vara ensam men önskade att hon hade haft sällskap av Karin, och känner dåligt samvete för att hon inte har hört av sig till henne. Hon tycker det tar emot att behöva berätta att hon inte lyckades att övertyga Alexey om att betala ut hennes lön, och att behöva berätta om Jelenas död. Hon känner att hon behöver samla sina krafter för att så snart som möjligt kontakta Karin, det är hennes skyldighet.

2010-09-22

Alexey har bett Anna om ursäkt, han har kommit till insikten att han överreagerat då han slog till henne över kinden, och vill nu att de ska försonas. Han var säker på att den vacklande starten de fått på förhållandet enbart hade med tillfälligheter att göra. Det fanns goda möjligheter att vända på trenden om de båda var beredda att kämpa för kärleken och att ägna mer tid för varandra. Han skulle försöka att vara hemma mycket mer, så att de verkligen fick chansen att bygga något fint tillsammans. Anna var osäker hur hon skulle bemöta hans vädjan om samförstånd, och bad därför att få fortsatt egen tid för att sörja sin mamma. Hon försökte förklara att hon inte var mottaglig för att ta emot hans kärlek, men att hon hoppades att det inte skulle dröja allt för länge, innan hon var redo att gå honom till mötes. Alexey var inte nöjd med hennes svar men tycktes acceptera det för stunden, och berättade att det var viktigt att de snart igen agerade som ett samspelt par, då de var bjudna på Sergejs och Dinaras bröllop. Anna uttryckte en enorm längtan efter att få ett visum, hon vill befinna sig på behörigt avstånd ifrån bröllopet, mer exakt 120 mil.

Bröllopet finns inte i hennes sinnesvärld, det hör till en ond drömvärld som inte får vara verklig.

2010-09-24

Denna dag kommer att gå till historien som en av de lyckligaste och mest betydelsefulla dagarna i mitt och Annas liv. Beviljandet av hennes visum har satt henne i ett euforiskt tillstånd, hon har aldrig tidigare varit med om att det varit så viktigt att få något när hon som mest behövt det.

Det är så befriande att få ta del av hennes lycka, att få motta ett brev som sprudlar av livsglädje. Hoppas bara att jag har förmågan att bidra till fortsatt glädje, att vi blir så där tokigt kära i varandra, så att allt som sker runt omkring inte får samma betydelse som innan, att det blir härligt lätt att leva.

Anna har köpt en stor resväska, i ett innerfack på väskan har hon lagt det hemliga receptet. Hon bär på en livsuppgift som hon verkar vara enträget beslutsam om att förverkliga. Hon har uttryckt att hon behöver ha en man som medhjälpare för att lyckas, vilket säkerligen berör mig.

Jag behöver diskutera noggrant med henne om det framtida bageriet, jag har en obehaglig känsla då det gäller att starta ett bageri, att det blir en flopp som jag blir tvungen att städa upp resterna av. Att driva ett bageri är inget man blir förmögen på, speciellt inte i lilla Lindesberg, och troligen inte i Örebro heller. Lova mig att detta stannar mellan oss Samuel, jag tycker det är underbart att hon har en livsuppgift, men jag kan ändå inte för den skullen dölja vad jag känner för det projekt hon ämnar sjösätta.

Jag har fått kopior av Annas pass och visum, vilket bekräftar att hon blivit beviljad ett visum och att hon är den person som hon utger sig för att vara. Jag är ändå skeptisk då det gäller att skicka pengar till en person som jag inte träffat fysiskt, men jag har dock ett stort förtroende för henne, jag tror inte hon är ute efter att tjäna pengar genom falska kärlekslöften. Jag ska åka till Örebro på måndag för att besöka växlingskontoret Forex, där man kan använda sig av tjänsten MoneyGram för att överföra pengar till en person som bor i ett annat land. Vi har kommit överens om att jag ska skicka 500 euro vilket bör räcka till flygbiljetter tur och retur Moskva-Stockholm. När hon mottagit pengarna ska hon bege sig till närmaste flygplats för att köpa biljetterna.

Alexey är besviken över att Anna inte sköter sitt arbete, han har valt att anställa en annan person som kommer att ta över hennes arbetsuppgifter. Anna ska istället ta över Karins arbetsuppgifter tills Alexey har fått tag i en annan hushållerska. Anna är glad över detta, hon har känt sig nervös då hon besökt den Federala Migrationstjänsten för passärenden och den svenska ambassaden för ärenden kring visum. Alexey verkar inte veta något om hennes förehavanden, och hon hoppas att arbetet med sysslor i hemmet kan möjliggöra att hon kan bli mer flexibel då hon ska utföra de ärenden som återstår innan hon kan lämna landet.

2010-09-26

Anna har beskrivit sin skräckblandade förtjusning över att flyga. Det är förståeligt nog mycket som rör sig i hennes huvud nu, så är fallet även för mig.

Jag har en för liten lägenhet, för få garderober och en allt för smal säng. Min lägenhet är ju just nu gjord för bara en person. Jag har inte plats för en ytterligare garderob men en extra byrå och en bredare säng ska jag försöka att få plats med. Å andra sidan så ska hon ju hälsa på, inte flytta in permanent. Jag kanske inte behöver göra några ändringar? Finns det hjärterum så finns det stjärterum, undra om det talesättet går fram på engelska?

Det stora problemet är vad Anna ska göra när jag är på arbetet, det kan bli dryga dagar för henne. Det vore orättvist att arbeta under hennes vistelse i Sverige även om hon har berättat för mig att jag inte behöver ta ledigt från arbetet för hennes skull. Hon menar att hon kan sköta om hushållet och träna på det svenska språket när jag är på arbetet. Hon säger säkert så förståeligt nog för att inte försvåra min situation, hon vill inte vara till en belastning. Jag känner på mig att hon är en självständig kvinna som kan ta eget ansvar men jag ska nog ändå försöka att få ledigt, jag vill ju ha mycket tid tillsammans med henne, för att få möjlighet att lära känna henne. Jag ska prata med min rektor om jag kan ta tjänsteledigt från jobbet i minst 30 dagar, även om det är sämsta tänkbara läge att begära ledigt då skolverksamheten går för högvarv. Det hade varit bättre om det varit sommar då jag har min ferieledighet, men det är bara att gilla läget, det är nu eller aldrig, hon behöver min hjälp och jag längtar efter att få hjälpa henne.

Anna är förväntansfull inför resan till Sverige, och hon har funderat på vilket sätt hon ska informera Alexey, om att hon lämnat landet. Det lutar åt att hon kommer att formulera ett brev, där det går att utläsa att hon befinner sig på okänd ort i 30 dagar, för att få tid att sörja Jelena.

Det kan fungera bra, frågan är vad som händer då dessa dagar gått och hon tvingas att återvända till Ryssland. Jag har lyft frågan och vi båda har kommit överens om att inte oroa oss över detta, utan istället fokusera på de dagar vi har att spendera tillsammans, har dock svårt att inte oroa mig.

Anna har ringt till Karins mobiltelefon flera gånger utan att få svar. Efter detta beslutade hon att ringa hem till Karins mamma som berättade att Karin inte kommit hem, hon trodde att hon var kvar i Moskva. Det här bekymrar Anna, men hon har beslutat att vara positiv. Hon ska försöka att kontakta Karin från Sverige, om hon inte lyckas att få tag i henne innan dess.

På måndag är Anna redo för att hämta ut de pengar jag ska skicka henne, och för att bege sig till Sheremetyevo flygplats alternativt Domodedovo för att köpa flygbiljetter. Hon har tagit reda på från vilken bank hon ska hämta ut pengarna och vid vilka tider bussar och tåg går till de olika flygplatserna.

Tycker det är skönt att hon förstår vikten av att planera sin resa noggrant, då vi troligtvis inte har råd med några missöden.

2010-09-27

Jag trodde att jag skulle få problem att komma ifrån arbetet för att utföra mitt ärende, men allt löste sig perfekt då en kollega hade möjlighet att ansvara för min klass, under tiden jag var borta i Örebro. Det kändes som om jag blev bönhörd, fick hjälp från högre makt, så smidigt löste sig allt. Personalen på Forex visade utförligt hur tjänsten MoneyGram fungerade, och de betonade hur viktigt det var att mottagaren av pengarna får det nummer som benämns money-transfer-control-number skickat till sig, för att kunna hämta ut pengarna. Jag lämnade Forex med bestämda steg, satte mig i bilen och plockade fram min bärbara dator för att med hjälp av mitt mobila bredband bli uppkopplad mot Internet. Jag skickade kontroll numret till hennes e-post adress och bad henne att vara försiktig.

Samuel, ser fram emot att få ta med Anna till Kiruna, det skulle vara kul om du och din sambo har möjlighet att fjällvandra tillsammans med oss. Jag tror hon skulle uppskatta att vandra runt i Abisko nationalpark, hon har aldrig sovit i tält, bara det skulle vara en spännande upplevelse. Och du, måste bara ta med henne till ishotellet i Jukkasjärvi, vore häftigt att tillbringa en natt tillsammans där. Jag vill förbereda dig på vad jag har för fortsatta planer om våra 30 dagar leder till att vi vill satsa på en framtid tillsammans. Det är inte säkert att vi har möjlighet att besöka dig under de dagar som hennes visum varar, mycket hänger på om jag får ledigt från mitt arbete.

Anna har mottagit kontrollnumret, hon är otroligt stolt över att vi lyckats komma så långt i vår strävan efter en gemensam framtid. Hon kommer aldrig att ge upp vår kärlek, även om hon för tillfället famlar i ett mörker som hon inte har stora förhoppningar om att kunna ta sig ur.

Anna var på väg att lämna huset för att bege sig till banken. Utanför huset stötte hon ihop med Alexey som slet hennes handväska ur hennes händer, tog tag i hennes hår och drog med henne in i huset. Han tömde väskans innehåll utan att hitta något som intresserade honom, frågade var hon hade sitt visum. Anna undrade frågande varför han trodde att hon skulle ha ett visum, varpå han återigen tog tag i hennes hår och drog med henne till badrummet. Han tappade upp rikligt med vatten i badkaret, tryckte ned henne så att hon blev sittandes på knä med överkroppen hängandes över badkarskanten. Han tog tag i hennes huvud och tryckte ned det nedanför vattenytan och höll kvar det så pass länge att han riskerade hennes liv, förde sedan upp huvudet ovanför vattenytan och frågade vart hon hade sitt visum. Anna berättade att hon kämpade in i det längsta för att bedyra att hon inte hade något visum, men att hon förlorade kampen. Alexey vågade inte fortsätta att riskera hennes liv utan valde istället att genomsöka hennes kläder, vilket resulterade i att han hittade hennes visum och pass som hon lagt i innerfickan på sin jacka.

Det är tungt, mycket tungt, Anna har tappat hoppet, hennes krafter är slut, hon ser inget ljus, bara mörker.

> Jag har uttryckt en vädjan om att få komma till Moskva för att hämta henne, men jag har ännu inte fått något svar. Om jag ska vara ärlig mot mig själv och mot Anna så känner jag mig maktlös. Jag har ställt mig frågan om det är värt att riskera mitt liv för att hjälpa henne, och mitt svar uteblir, är inte modig nog att kunna svara på den frågan.

Jag har skickat flera brev men ännu inte fått något svar, ovissheten tär, Anna har alltid varit mån om att höra av sig regelbundet, alltid förklarat utförligt om vad som hänt i hennes liv. Det finns bara en person som kan hjälpa henne och det är jag, trots allt jag vet om hennes tillvaro så är jag oförmögen att hjälpa. Det är synd att hon hade oturen att blotta sitt liv för en människa som mig, hon förtjänar bättre. Jag befarar att det värsta har inträffat, men vill inte tro att livet kan vara så grymt.

Jag ångrar att jag valde att besvara brevet som hon sände mig, men jag får trots allt skylla mig själv då jag blev rekommenderad av den svenska dejtingsajten att inte svara. Å andra sidan så kanske det var meningen, det finns inget ont som inte för med sig något gott....